吉原水上遊郭　まやかし婚姻譚

一色美雨季

ポプラ文庫ピュアフル

JN122506

目次

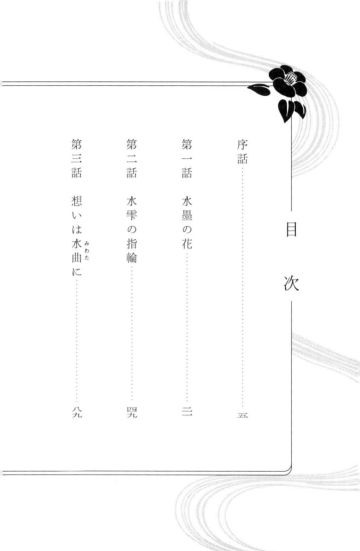

序話

すれ違った男の肩には、ひとひらの花弁がついていた。

背広についた淡色のそれは、その形状から、ひと目で桜だと見て取れた。

きっとこの男は、隅田川沿いの桜を見てからここに来たのだろう。けれど幼い利壱《りいち》は、その桜の花弁を、どこかの女が戯れにつけた白粉《おしろい》の跡なのだと思ってしまった。


なぜなら、ここは、吉原遊郭という『色街《いろまち》』だから。


明治四十四年現在、吉原の娼妓は二千人を超えていると言われている。しかし、それが本当のことなのかどうかは、まだ十歳になったばかりの利壱には分からない。ただ何となく大勢いるな、ということが理解できる程度だ。

昔から娼妓に支払う代金を『花代《はなだい》』と呼ぶ。だから利壱は、この街の女は花だと教えられて育ってきた。娼妓も、芸者も、針子も、はては下働きの洗濯女でさえ、すべてがこの街に咲く花。だから背広についた桜の花弁を、利壱が女の白粉の跡だと思うのは無理からぬことなのだ。

春の風が、店々の暖簾をたたくように吹いている。

目抜き通りの仲之町を、すれ違う人々を縫うように利壱は急ぐ。

向かう先は、吉原遊郭揚屋町にある菓子店『月見屋《つきみや》』。利壱の両親が営んでいる、花林《かりん》糖《とう》が美味いと評判の店だ。

「ただいま」

二間《にけん》しかない月見屋の引き戸を開けると、父の加助《かすけ》が「おかえり」と声を掛けた。

「ずいぶん早かったじゃねえか」

「当たり前だろ。走って帰ってきたんだから」

胸を張る利壱の頭を、鉢巻きに前掛け姿の加助は「ありがてえことだ」とグシャグシャ撫でる。

利壱は、同じ吉原遊郭内にある京町一丁目の紙屋から帰ってきたところだった。

桜が見頃のこの時期、月見屋の花林糖は、吉原の客はもちろん隅田川の花見客にも飛ぶように売れる。花林糖が売れるのに合わせて、それを入れる紙袋もすぐになくなってしまい、利壱は紙屋へ買い足しに走ったのだ。

店の奥から、母の律《りつ》が「おかえり」と顔をのぞかせた。利壱に向ける母の目は、利壱と同じ綺麗な二重瞼の切れ長だ。利壱は母親似だと常連客は言う。

利壱は、買ってきた紙袋の半分を棚に入れた。棚の先にある作業台には、昨夜のうちに糖蜜を絡めておいた花林糖が並んでいる。この糖蜜の乾燥具合を確認し、重さを量って紙袋に詰め、辻売りに渡すまでが利壱の仕事だ。

利壱が秤の用意をしていると、その隣で加助と律が粉の用意を始めた。今から夜に売る花林糖を作るための準備を始めるのだ。

袋詰めした花林糖を番重いっぱいに並べたところで、ちょうど辻売りがやってきた。

「まいど」

春の日差しに焼けた肌から白い歯をニッとのぞかせて、辻売りは利壱から花林糖を受け取る。

「明日は、もう半分程多めに用意しておくれでないかい？　月見屋の花林糖は、隅田川の花見客に評判がよくてね。あっという間に売り切れちまうんだよ」

辻売りの言葉に、律は「あいよ」と機嫌よく返す。

生地の発酵にこだわった月見屋の花林糖は、外はカリカリ、中はサクサクで、非常に口当たりが軽やかだ。これに特製の糖蜜が絡まって、知らず知らずのうちに、ふたつめ、みっつめと手が伸びてしまう。隅田川沿いを歩きながら食べるのに最適の菓子なのだ。

せわしなく辻売りが商売に向かったところで、加助は揚げ油を用意する。夜の客に売る花林糖の第一陣を揚げるのだ。

小さな棒状に成形した生地を、加助は慣れた手つきで熱くなった油の中に入れる。この油の量もまた、月見屋の自慢だ。七輪に乗せた小さな油鍋でなく竈の大鍋で豪快に揚げるのだ。

花林糖の生地は小さな泡をまといながら油の中を泳ぎ、やがてプカリと浮かび上がる。これは中まで火が通ったという合図だ。

そうして油から上げられた花林糖は、しっかりと油を切った後、今度は律が用意した鍋の中に入れられる。鍋の中には月見屋特製の糖蜜が入っていて、カラカラと音を立てながら花林糖にまとわせ、その後、糖蜜同士がくっつかないように、ひとつずつ作業台の上に並べて乾燥させる。この作業を、家族で何度も繰り返す。

「さて、こいつを終えたら昼飯にするか」

何度目かの揚げ作業に掛かっていた加助が、利壱に声を掛けた。

「やった！」

時刻は十一時半。既に腹ペコになっていた利壱が諸手を挙げた――その時。

どこからともなく、激しいサイレンの音が響き渡った。

誰かの叫び声に、慌てて利壱は店を飛び出した。

「火事だ！」

どこかの男衆が、小型の手動サイレンをグルグルと回しながら「火事だ！　火事だ！　美華《みかど》登楼《ろう》から火が出た！」と往来を走り回っている。

緊張感が走った。

利壱は素早く踵を返し、店に戻った。

「父ちゃん！　美華登楼で火事だって！」

すると、加助は小さく舌打ちをした。

「美華登楼っていうと、江戸町二丁目か……」

加助の表情は複雑だ。

吉原遊郭と一口に言っても、その中は広い。江戸町一丁目と二丁目、角町、揚屋町、京町一丁目に二丁目と、合計六ヶ町を形成する程の広さがある。

江戸町二丁目の美華登楼は、揚屋町の月見屋から近いわけではないが、だからといって、ことさら遠いわけでもない。更には、今は花林糖を揚げている最中だ。たとえ避難するにしても、竈の火と油を始末しないと、この場所を離れることはできないのだ。

今すぐ動くか、否か。

「……まあ、逃げる程の距離じゃねえし、火事っていったってボヤかもしれねえ。どうせ、じきに火も消えるだろう」

「そうだねえ」

律もうなずく。

もともと吉原は、東京《とうきょう》が江戸と呼ばれた時代から火事の多い土地であった。

それというのも、内風呂が一般的ではなかった市井に対し、吉原は各見世《みせ》に自前の大風呂を設えていたからだ。大量の火を使う風呂は、たびたび失火騒ぎを起こした。しかも、常に行燈を灯しているし、更にはつらい日々に耐えかねた遊女がつけ火騒ぎを起こしたりするので、ボヤ程度の火災であれば、たいして珍しい物でもない。加えて、今は昼間というこの時間帯だ。防火衣をまとった男衆が、きっと、あっという間に鎮火に導いてしまうに違いない。

「さて、仕事の続きだ」

加助の言葉に、利壱は安心して花林糖の紙袋に手を伸ばした。

ところが、次の瞬間、今度は遠くから激しく打ちつける半鐘の音が鳴り響いた。

これは、浅草の火の見櫓の半鐘だ。

「まずいな。こりゃ、ボヤどころじゃねえ」

加助が舌打ちする。

と同時に若い男が慌ただしく店の中に飛び込んできた。隣の蕎麦屋の店主である松蔵《まつぞう》だ。

「おい聞いたか！　美華登楼の火が結構な勢いで回っているらしい！　このままじゃ揚屋町も危ねえぞ！」

「そう思って、今、竈の火を消そうとしているところさ」

加助が火消し壺に手を掛けると、「ぼやぼやすんな！」と、松蔵が竈近くに置いてあった火ばさみをひったくる。

「手伝ってやるから、さっさと急げ！　畜生、この油が厄介だな、うちは天婦羅を揚げ始める前で助かったぜ」

慌てて利壱も手伝おうとする。

すると松蔵は利壱の肩をつかみ、「利壱坊は先に逃げな」と、利壱を入口のほうに押しやった。

「なんでだよ！　俺も手伝うよ！」

「馬鹿野郎！　子供が熱い油を扱うんじゃねえって、いつも言ってるだろうが！」

加助は怒鳴り声を上げながら、黙々と火のついた炭に灰を掛ける。

「ほら！　さっさと行け！」

「でも」

戻ろうとする利壱に、松蔵が「それならひとつ、俺の頼みをきいてくんな」と口を開く。

「すまねえが、うちの爺いを連れて先に逃げてくんねえか。知っての通り、うちの爺いは足が悪いからよう。俺たちと一緒じゃ、あっという間に火に呑まれちまう」

松蔵は、祖父の竹三郎《たけざぶろう》とふたり暮らしだ。竹三郎は気のいい老人で、いつも隣家に暮らす利壱のことを孫のように可愛がってくれている。

「利壱にしかできないことだよ」

まくしたてるように律が言う。「今すぐ竹さんを連れて行きな。店のことは心配しなくていいから。松さんも来てくれたし、すぐに追いつくよ」

「とりあえず、吉原病院で竹さんと待っとけ。いいな？」

父の言葉に小さくうなずき、利壱は店を飛び出した。

隣の蕎麦屋に駆け込み、勝手知ったる奥の座敷に飛び込む。

神棚の所にいた竹三郎は、小さな風呂敷包みを曲がった背中に負い、杖を片手に逃げ支度を整えていた。

「利壱坊か」

「竹じいちゃん！　逃げるよ！」

「うちの松と、お前の父ちゃんたちは？」

「今、油の始末をしてる。それが終わったら、すぐに追いかけるって」

「おおそうか」

吉原での商売が長い竹三郎は、こういった火事にも何度か遭遇している。「案ずることぁねえ」と、掛け声よろしく杖を握り直した竹三郎は、深いしわに埋もれた目に力を宿すと、利壱と共に仲之町に飛び出した。

仲之町は、既に避難しようとする人たちで押し合い圧し合いとなっていた。

至る所から響く女たちの金切り声が、容赦なく耳をつんざく。慌てふためく人々の群れに、利壱は息を呑んだ。誰かにぶつかり、誰かに足を踏まれ、かつてない程の喧騒に身が縮こまりそうになる。

朝方よりも風が強い。舞い上がる砂塵は焼けたような熱を持ち、利壱の幼い肌をお構いなしに打ち付けた。

痛い。

痛くて、怖い。

竹三郎の手を握りしめ、必死で耐える利壱の視界の隅に、ふと朱色の何かが映り込んだ。

思わず利壱は、その色が見えた方向——江戸町二丁目のほうを振り返った。

「あ……！」

言葉を失った。

街が燃えていた。

炎は轟々と音を立てながら大蛇のごとくにうねり燃え、辺りを嘗め尽くすように飲み込んでいった。

その上には黒煙が広がっている。青い空も、薄紅の桜も、何もかもが幻だったと思える程に、大きく激しく蠢いている。

「振り返るんじゃねえ」

竹三郎が言った。「あんなもん見たら、誰でも足が竦んじまう。だから、前以外は見ちゃいけねえ」

言われた通り、利壱は前を向いた。

水道尻の吉原病院へ。そこへ行けば、みんな助かる。父ちゃんも、母ちゃんも、隣の松蔵も、すぐに利壱たちを追いかけてきてくれる。

しかし、遠い。

水道尻なんて、いつもならあっという間にたどり着ける場所なのに、今日は火から逃れようとする人の波でまったく前に進めない。しかも、足の悪い竹三郎も一緒ときている。ともすれば我先に急ぐ人々に押し戻されそうになる竹三郎を支え、利壱は必死で人の波を泳ぐ。

吉原病院の白い壁が見えたのは、どのくらい経った頃だろうか。

どうにかして、ふたりは吉原病院の敷地内に入り込んだ。けれど、建物内は怪我人でごった返しているようで、前庭から先へは進めない。

とりあえず建物の中に入るのはあきらめ、利壱は前庭の植込みの脇に竹三郎を座らせた。

ホッとしたのも束の間、ふたりの目の前を、数人の男たちが何かを取り囲むようにして駆けていく。

男たちが取り囲んでいたのは、仄かに煤けた古い戸板。その戸板の上には女が横たわっている。だらりと垂れ下がった女の腕には、赤黒い匹田絞りのしごき帯。誰がやった悪戯なのか、だらだらと、意味もなく無造作に巻き付けられている。

――いや、違う。あれがしごき帯であるものか。

利壱は息を呑んだ。

あの赤黒いのは、だらだらと滴り落ちる『血』と『肉』だ。

「た、竹じいちゃん」

「ああ、可哀そうにな。どこの見世の娼妓か知らねえが、火に呑まれちまったんだな」

竹三郎は深いしわの間に瞳を隠し、黙禱するように俯いた。

利壱は竹三郎の二の腕にしがみついた。恐怖に体が震えた。

あれ程大量の鮮血を、そして火に焙られた人肉を、利壱はかつて見たことがない。

その後も、戸板に乗った数多くの人間が吉原病院に運び込まれた。もちろん、負傷者はそれだけではない。自力でやってきた者を加えると、かなりの人数だ。

遠い所から、常に何かの爆ぜる音が聞こえる。人々の悲鳴も、怒声も、慟哭も止まらない。それなのに、太陽は何食わぬ顔でゆっくりと傾こうとしている。

吉原に闇が訪れるように、利壱の胸にも暗い何かがのしかかる。

待ち人は、まだ現れない。

ふと利壱は、行きかう人々の足許に見慣れた物を見つける。今朝がた、利壱が花林糖を入れた紙袋だ。

一目散に走りだし、その煤と泥にまみれた紙袋を拾い上げる。

紙袋の中は空だった。この紙袋を落とした人間は、月見屋の花林糖を食べたのだろうか。

父と母が精魂込めて作った花林糖を。

利壱が、誇らしい気持ちで袋詰めした花林糖を。

「ねえ、竹じいちゃん。父ちゃんたち、遅いね」

「…………」

竹三郎は、力強い言葉を言わなくなった。

炊き出しが行われる時間になっても、鎮火の報せはどこからも聞こえない。

誰もが虚ろな顔をしていた。

——そして。

利壱の待ち人は、とうとう朝になっても、吉原病院に現れなかった。

美華登楼から出た火は吉原全体を焼き尽くし、激しく四隣に飛び火して、浅草や南千住のほうにまでも勢いを延ばした。

後に聞いた話によれば、火の勢いは消防隊、警察、陸軍が死力を尽くしても止めることはできず、しまいには最新式の蒸気喞筒《ポンプ》さえも猛火に吞まれる有様だったという。

焼け出された人々は、近くの寺院や小学校に収容された。

利壱と竹三郎も浅草の小学校に収容され、近衛隊救護班による保護を受けた。

加助と律、松蔵の遺体が見つかったのは、鎮火から二日後のことだった。逃げる途中で煙に巻かれて倒れ、そのまま絶命してしまったらしい。残された者にとって幸いだったのは、三人の遺体の損傷がそれ程大きくなかったことだろうか。

三人の遺体は、荼毘に付されることなく埋葬された。

利壱の悲しみは何と比べようもない程深かったが、それ以上に、老いた竹三郎の憔悴は激しかった。「若い者を死なせてしまった」「油の始末など、わしがやればよかった」と何度も何度も念仏のように繰り返し、「すまない、すまない」と幾度となく利壱に手を合わせた。

大勢の人間が寝泊まりする小学校は、人いきれと体臭、大量に作られる炊き出しのにおいで、常にむっとした空気に包まれていた。

行き届かない衛生環境の中で、著しく心を弱らせた竹三郎は、とうとう体までも弱らせていった。床に敷かれた筵《むしろ》に横たわったまま、折角の温かい炊き出しにも口をつけようとしない。

「竹じいちゃん、ご飯だよ。食べようよ」

利壱がどれだけ声を掛けても、「わしはいい。利壱坊がお食べ」と首を小さく横に振る。

炊き出しが足りないわけではない。宮家より命を受けた近衛隊救護班が、できる限りの食事を用意してくれている。それでも竹三郎が食べようとしないのは、本当に体が食べ物を受け付けようとしないからだ。

利壱は救護班に無理を言い、赤ん坊用の重湯を分けてもらった。

それを匙ですくって、少しずつ竹三郎に食べさせる。

周囲にはたくさんの大人がいた。でも、誰もが自分のことに必死で、莚の隅に横たわっている竹三郎のことにまで気を回す余裕なんてない。だから利壱は泣くのをやめた。自分だけが、衰弱した竹三郎を救える唯一の人間だと思った。

「……利壱坊。隅田川の桜は、もう散ってしまったかい……？」

ある日の晩、莚の上で眠りにつこうとしていた利壱に、竹三郎が声を掛けた。

「桜？　さあ、どうかな。土手のほうには行かないから、よく分からないよ。もしかしたら少しぐらいは残ってるかもしれないけど……どうして？」

「今年は、うっかり見そびれちまったと思ってなあ……」

ぼそぼそと、まるで独り言ちるように竹三郎は言う。

「桜なんて、春になりゃあ毎年当たり前みたいに見ることができる。わしはこの歳になるまで、ずぅっとそう思ってきた。でもなあ、それってのはただの思い込みだ。当たり前なんてもんは、この世に何ひとつねえんだ」

うん、と利壱はうなずいた。

両親の傍らで花林糖の袋詰めをする。利壱だって、そんな生活を当たり前だと思ってきた。でも、違った。そんなささやかな日常は、すべてあの大きな炎が呑み込んでしまった。

「ああ……松の打った蕎麦が食いてえなあ……」

そうつぶやく竹三郎の目には、薄っすらと涙が滲んでいた。

「最後に、もう一度だけ、松の打った蕎麦が食いてえ。隅田川の桜を見ながらよう。たらふくなんて贅沢は言わねえ。たった一口……一口だけでいいから……」

叶うことのない竹三郎の夢に、利壱は静かに唇を噛み締めた。

利壱だって同じだ。叶うならば、両親の作った花林糖が食べたい。あの味が――両親のぬくもりが恋しい。

――今日も夜が更ける。

莚に雑魚寝する避難者たちの寝息を聞きながら、利壱は眠りにつく。

そして、またむっとした空気の中で目覚めた時、ふと、利壱は異変に気が付いた。

いつもと同じ炊き出しのにおいがする。一緒に雑魚寝していた避難者たちも起きだし、手ぬぐいを持って顔を洗いに行こうとしている。

誰かの欠伸《あくび》。誰かの話し声。それなのに、これだけの人間が目覚めて動きだしているというのに、誰ひとり異変に気付くことはない。

どうして。

どうして。

どうして！

利壱は天井を見上げた。そして、「うわあ！」と、叫ぶように泣き声を上げた。

「ぼ、坊主、どうした？」

近くにいた中年男が、何事かと利壱に声を掛けてきた。

利壱は答えようとするが、しかし言葉にならない。

今まで堪えてきた涙が一斉に噴き出して、激しい嗚咽が声も呼吸も奪ってしまう。

胸が苦しい。

とうとう利壱は上体を倒し、竹三郎に覆いかぶさるようにして泣いた。

しかし、どれだけ利壱が泣いても、必死になって縋っても、竹三郎は何も言わず、目すら開けようとしない。

「あ……！」

中年男は、ようやく異変に気付いた。

――竹三郎の体は、すっかり冷たくなっていた。

利壱は、とうとうひとりぼっちになってしまったのだ。

第一話　水墨の花

娼妓解放令が出されたのは明治五年、西洋の暦でいうところの一八七二年のことである。この年、『マリア・ルス号事件』が起きた。日本国外務卿の命において、ペルー国船籍のマリア・ルス号から清国人奴隷を救出したが、ロシアでの仲裁裁判で「日本の女郎は人身売買による奴隷である」と逆に指摘を受けてしまった事件である。

娼妓解放令は、この一件をきっかけに布告された。そして女郎の年季奉公制度は撤廃され、名称も女郎から娼妓へ、見世の呼び方も妓楼から貸座敷へと変更された。

明治九年には淫売罰則が、明治三十三年には娼妓取締規則が施行された。

しかし、どれだけ法律ができたとしても、春を売る女が減るわけではなく、ゆえに吉原が消えるわけでもない。

明治四十四年、吉原は未曽有の大火に包まれた。

すべてが燃えてしまい、誰もが、今度こそ吉原はなくなるものだと思っていた。

けれど吉原は消えなかった。

明治五十一年。

吉原遊郭は、隅田川の水上にあった。

たくさんの猪牙舟《ちょきぶね》が、たゆたう花びらのように隅田川を行き来している。

小さな猪牙舟が向かうのは、大輪の花のように美しい花艇《かてい》——吉原の貸座敷船だ。

明治四十四年の吉原大火で焼失した多くの貸座敷は、その場所を水の上に求めた。火による焼失を恐れ、清国に名高い水上妓楼を模したのである。

吉原の花艇は、かつての貸座敷にあった『張り見世』の紅殻格子《べんがらごうし》を思わせる赤を基調にした物がほとんどだ。張り見世とは、いわば娼妓の展示と待合を兼ねた部屋のこと。お客のついていない娼妓はそこに座って容姿をさらし、新しい指名を受ける仕組みとなっている。船体には二階建て家屋のような板葺きの建物が備えられ、その中には江戸間四畳半の小座敷が数部屋程、設えられていた。

もちろん、たかが数部屋で貸座敷が経営できるわけがない。だから、どの見世も数隻の船団を組んでいる。楼主と上級娼妓の部屋がある船は一号艇と呼ばれ、その一号艇を取り囲むように二号艇以下が配置される。『花艇』という呼び方は清国の言葉に由来しているのだが、その船団が赤い花に見えるからだと言う者もいる。

各花艇は太い縄で船筏のようにつながれており、大見世になればなる程、その船団の規模も大きくなる。

花艇には、娼妓の部屋のほかに『炊事船』と呼ばれる船が設えられている。煮炊きや洗濯、風呂を沸かしたりするための専用船だ。大量の火を使う炊事船は、その分だけ火災を引き起こす可能性も高い。だから、万一の時はいつでも火元の炊事船を切り離せるようになっているのだ。

そして、吉原が水上に拠点を移したことで復活した物がふたつある。

『四郎兵衛会所《しろべえかいしょ》』と『猪牙舟』だ。

御一新前の江戸の頃まで、吉原の入り口である吉原大門の所には『四郎兵衛会所』と呼ばれる番所があった。遊女の足抜けを防ぐため、そして吉原の治安を守るために置いた番人の詰め所である。

時代が変わり、吉原の治安は会所の番人ではなく警察が守ることになったが、先だっての吉原大火から自警団としての『四郎兵衛会所』が再編成された。この四郎兵衛会所の番人たちが、警察では行き届かない部分の治安を守るのだ。

そして、同時に復活したのが『猪牙舟』である。

猪牙舟とはその名の通り、猪の牙のような舳先が特徴の小型船のことである。かつての吉原遊郭では、吉原大門までの山谷堀を、この猪牙舟で行くのが粋とされていた。小型ゆえに小回りが利き、また櫂で漕ぐ際の推進力が高いので、今では粋云々の理由ではなく、花艇までのお客の運搬ならびに番人船として使われることになったのだ。

つまり、吉原の花艇で遊ぶにはたったひとつの交通手段しかない。それは、四郎兵衛会所の番人が船頭をする猪牙舟に乗ること。お客は、この猪牙舟の上で、吉原で遊ぶに相応しい人間かどうか見定められるのだ。

そして、かつての四郎兵衛会所の番人は四人ずつ三交代制と決まっていたが、今はもっと大勢の番人がいる。

　その中に、十七歳になった利壱の姿もあった。


　隅田川の一角で、大きな半鐘が鳴り響いた。

　鳴らしているのは、長春楼という中見世の花艇だ。

　半鐘を鳴らすのは、猪牙舟を呼んでいるという合図。基本的に、一番近くにいる猪牙舟が行くことになっている。この時、一番近くにいたのは利壱の猪牙舟で、利壱はいつものように舳先を長春楼の船団に向けた。

　長春楼の花艇は、炊事船を含めて合計五隻。利壱は慣れた様子で猪牙舟を横付けし、御内所と呼ばれる楼主の部屋へと向かった。

　どこの花艇でも、楼主の部屋の襖は基本的に開けっ放しのものである。長春楼の楼主、於豊《おとよ》は僅かに首を伸ばし、「ああ、利壱どんか」と小さくつぶやいた。

「お呼びですか？」

「へえ、ちょいと野暮用を頼もうと思いんしてね」

　於豊は首に幾重のしわを持つような女楼主だが、実はこれでいて大見世の娼妓上がりである。しかもそれなりの売れっ妓だったそうで、引退してから何十年も経っているのに、今でも娼妓のように廓言葉《くるわことば》を使う。これは於豊の矜持だ。一介の娼妓から楼主へと成り上がるのは、今の吉原では大層な出世であり、それをひけらかすためにも、於豊はあえて廓言葉を使ってみせるのだ。

「あの小さかった月見屋の利壱どんが、今じゃ四郎兵衛会所の番人ねえ。ちょいと見ない間に、すっかり一人前になりりんして」

にぃっと口の端を上げる於豊に、利壱は「お陰様で」と頭を下げる。

吉原の女たちは、慣例的に、お客ではない男には「どん」の敬称をつける。だから利壱も「利壱どん」と呼ばれている。子供の頃からずっと同じだ。

「それで、野暮用とは？」

すると於豊は、御内所の外に控えていた見世の男衆に声を掛けた。

「ツバキをここに連れてきなんし」

程なくして、男衆はひとりの振袖姿の娘を連れてきた。華やかに着飾っているが、それを差し引いたとしても、ひと目で美しいと思える娘だ。

長いまつ毛に縁どられた大きな瞳、白い碁石のように艶やかな肌、ぽってりと濡れたような赤みを湛える唇。振袖の上からでも分かる細い曲線は、華奢でありながらどこか悩ましい。末は特上と言われる娼妓になること間違いないだろう。これだけの上玉が、どうして大見世ではなく中見世の長春楼にいるのか不思議に思えるくらいだ。

一般的に、振袖を着ることができるのは未婚の若い娘のみ。それは吉原も例外ではなく、一度でも客を取ってしまった娼妓は振袖を着ることができない。つまり、このツバキという娘は、娼妓ではなく、まだ娼妓見習いの身分だ。

於豊は、利壱に目を向けた。

「これはうちの秘蔵で、ツバキと申しんす。これを真木楼《まきろう》へ連れて行っておくんなんし」

「真木楼というと、切見世の、あの真木楼ですか？」

切見世というのは、貸座敷の中でも一番格下の見世のことを指す。

あの大火以降、小見世以上の貸座敷はこぞって花艇を建造し、隅田川上での営業を再開した。しかし、花艇を造るまでの力もない切見世は、焼け野原となった吉原にバラック小屋を建て、細々と営業を再開させたのだ。

その切見世の中でも、女楼主の小菊《こぎく》が経営する真木楼はなかなかの繁盛を見せていると聞く。しかし、どうして長春楼の娼妓見習いが、その真木楼に行かなくてはいけないのだろうか。

利壱が訝しんでいることに気付いたのか、於豊は急に、フフ、と含みのある笑いを漏らすと、「ええ、ちょいとね、真木楼の小菊さんに手紙を出そうと思いんしてね。それでまあ、その手紙をツバキに持たせようかと」と言った。

「……ちなみに、この娼妓見習いさんは何歳で？」

「もうすぐ十八でござんすよ」

娼妓取締規則第一条には『十八歳未満の者は娼妓たるを得ず』とある。これに反すると、本人だけではなく楼主も罰せられ、貸座敷経営の許可も取り消されてしまう。それゆえに、娼妓でも下女でもない『娼妓見習い』という身分が存在する。将来的に美しく成長するであろう娘を、奉公人の名目で源氏名を与え、見習いとして見世が抱え込むのだ。

娼妓見習いとなった娘は、基本的に花艇から下りることを禁じられる。表向きは、着飾った幼い娘が川に落ちては危ないからということになっているが、実際は、自殺や逃亡を防止するため、そして娼妓としての教育を骨の髄まで染み込ませるために、軟禁生活の中で娼妓の手練手管を学ばせるのだ。

そのようにして育てられた娼妓見習いが、楼主の使いごときで花艇を下りるという。

しかも於豊は、「十七」ではなく、あえて「もうすぐ十八」と答えた。ということは、手紙を持たせるためというのは表向きの理由だろう。可能性として考えられるのは、娼妓昇格前の遠回しな『お披露目』。このツバキという娼妓見習いを猪牙舟に乗せて回らせ、今のうちからお客に顔を覚えさせるつもりなのではないだろうか。

利壱は、コホン、と小さく咳払いをした。

「楼主に確認をさせていただきたいのですが」

「何でござんしょ」

「このところ隅田川の水の勢いが激しく、往復に時間が掛かります。それに、今の時間帯は、土手も川も往来が多い。もしかしたら、この娼妓見習いさんは大勢の男に声を掛けられることになるかもしれませんが、構いませんか？」

「あい、結構にござんすよ」

ニヤリと笑って、於豊は煙草盆を引き寄せた。

「流石、吉原生まれの吉原育ち。利壱どんは察しがよくて助かりんす」

やはり利壱の推測は当たっていたようだ。

於豊は慣れた手つきで刻み煙草を丸め、煙管の雁首にスッと詰めた。そして煙管に火をつけると、それを合図にするかのようにして、遣手婆《やりてばばあ》と呼ばれる中年女が「御無礼《ごぶれい》、御無礼」と御内所に入ってきた。

遣手婆の手には、『長春楼ツバキ』と書かれた白い布。

その布を、遣手婆は慣れた手つきでツバキの帯結びに縫い付けた。これは、どこの見世の者か明確にするため、そして万一のことがあった時の目印にするためだ。

於豊は、ぽうっと白い煙を吐き出すと、簞笥の上に置いていた奉書をツバキに差し出した。

「これを真木楼の小菊さんに渡しなんし。そいで、必ず返事を聞いて帰るように。分かっているとは思いんすが、くれぐれも粗相のないように」

「あい」

ツバキは伏し目がちに返事をすると、その奉書を筥追《はこせこ》と一緒に懐に収めた。

利壱は立ち上がり、花緂に横付けした猪牙舟までツバキを先導する。見送りのためか、ツバキの後ろには於豊と遣手婆が続いた。

「乗ってください」

利壱が促すと、一瞬、ツバキはためらいの様子を見せた。

猪牙舟は、波に合わせてゆらゆらと揺れている。きっと足を踏み出すのが恐ろしいのだろう。利壱は「どうぞ」と手を差し出した。

すると、ツバキは一歩後じさり、後ろにいる於豊と遣手婆を振り返った。どうやら、客でもない利壱の手を握っていいのかどうか分からなかったようだ。秘蔵というだけあって、流石に教育が行き届いていると利壱は思う。於豊に「利壱どんの手を借りなんし」と言われて、ようやくツバキは猪牙舟に乗り込んだ。

続けて利壱も猪牙舟に乗り込み、櫂を握る。

「渡し賃は、ツバキが帰ってきた時に渡しんす」

於豊が利壱に声を掛けた。「首尾よくいった場合は、少しばかり色を付けて差し上げんすよ」

この程度の仕事に首尾とは大袈裟な、と思ったが、とりあえず「ありがとうございます」と頭を下げて、利壱は山谷堀へ向けて漕ぎ出した。

猪牙舟の推進力は高い。けれど利壱は、あえてゆっくりと、少し遠回りをしながら波間を進む。

右手に黒っぽい船が見える。あの華やかさのかけらもない船は、利壱たちの本船である四郎兵衛会所船――通称、番人船だ。

番人船には、利壱の朋輩と、所轄警察署から派遣された警察官が乗っている。

警察の持つ娼妓名簿には、すべての娼妓と娼妓見習いが登録されており、それ以外は私娼とみなされ、見つかった場合は警察から厳しく取り調べを受けることになっている。番人船に警察官が常駐しているのはこのためで、その他にも、お客が起こした騒動や、落水事故の処理などを番人たちと共に行う。昔でいう同心と岡っ引きのような関係だ。

ちなみに、利壱たち番人は、娼妓名簿に登録されている全員の顔を把握しているわけではない。大火前と変わらず吉原には二千人近くの女がいるし、しかもツバキのような娼妓見習いは表に出てくることも少ないので、顔を合わせる機会がほとんどないからだ。

利壱はチラリとツバキを振り返った。

久しぶりの下船に緊張しているのか、先程から一言も言葉を発していない。それでも、利壱と目が合うと、小さく口の端を上げて微笑んでみせた。利壱は驚いた。お客以外には笑みを見せない者も多い中、こうして番人にまで愛敬を振りまく娼妓見習いは珍しい。

――それにしても。

ゆっくり櫂を漕ぎながら、改めて利壱は思う。

このツバキという娘、ただ美しいだけでなく、所作や佇まいにそこはかとない華がある。こうして陽光の下で見ると、その華やかさが一層際立って見える。これなら、こちらから派手に動き回らなくても、向こうのほうから勝手に目をつけてくるのではないだろうか。

案の定、大見世、赫鯨楼《かくげいろう》を通り過ぎたところで、一隻の猪牙舟が近寄ってきた。

その猪牙舟には、利壱の朋輩である番人と、上等な三つ揃いを着た金持ち風の男が乗っていた。

「やあ、番人さん。この娘は、どこの見世の娼妓見習いだい？」

「長春楼のツバキさんですよ。もうすぐ十八になります」

ほお、と男は目を丸くし、ツバキの帯結びに縫い付けられた名札を再度確認した。

「長春楼といえば中見世じゃないか。本当にそこの娼妓見習いなのかい？　もし本当だとしたら、これはとんだ掘り出し物だよ」

「楼主の於豊さん曰く、見世の秘蔵だそうです」

「なるほどね。たまには大見世以外でも遊んでみないといけないねえ」

男の乗った猪牙舟が離れていくと、また別の猪牙舟が近寄ってくる。

ツバキはあまり声を出さない。お客に答えるのは利壱ばかりで、ツバキはただ静かに愛想笑いを湛えている。

利壱の猪牙舟は、予定通り、更にノロノロと進む。

寄ってくる猪牙舟が途絶えたところで、ふとツバキが「申し訳ござんせん」と利壱に頭を下げた。

「わっちの客あしらいが下手なばかりに、利壱どんにご迷惑をお掛けして……」

「いいんですよ」

申し訳なさそうなツバキに、利壱は微笑みかける。

「みんな最初はそんなもんです。それに、娼妓はべらべらしゃべらないほうがいい。特に、上に行く娼妓は、たいてい口数が少ないものですし」

「然様でござんすか」

ツバキはホッとしたような笑みを見せた。

猪牙舟は隅田川から外れ、山谷堀を行く。

かつては船宿があった場所に猪牙舟を停めると、ここから先は衣紋坂《えもんざか》を歩いていく。

目の前にあるのは、いまだ根を張る見返り柳。そして衣紋坂を上ると、焼け残った吉原大門が見える。

この先にあるのが、かつて利壱が家族と暮らした街——現在の第二吉原遊郭だ。


その昔、大きな繁栄を見せた吉原遊郭は、七年前の大火以降は再興することもなく、すっかり寂れてしまった。

街の真ん中を走る仲之町通り付近は荒地になっており、雑草がぼうぼうと生えたまま放置されている。切見世が軒を連ねているのは、その荒地から外れた場所——つまり、吉原遊郭をぐるりと囲むように流れるお歯黒どぶ沿いばかりだ。

かつての吉原の貸座敷は、六ヶ町のいずれかに見世を構えており、それより格下とされている切見世は、薄汚いお歯黒どぶの傍にしか見世を持つことができなかった。

しかし、その六ヶ町に建ち並んだ見世々々も、今は隅田川に移ってしまった。ならば、いまだ吉原の地に根を張る切見世が六ヶ町に移転してもいいのではないかと思うが、これがそう簡単な問題ではない。

市井の私娼窟などとは違い、吉原は国の官許を得た見世だけが営業できる決まりになっている。官許を得ているとはいえ最下層である切見世は、病気持ちの鉄砲女郎——うっかり当たると感染して死ぬかもしれない娼妓——を多く抱えている可能性があり、また相応の移転費用を工面することもできないことから、定められた場所を動くことができなかったからだ。

利壱の三歩後ろを歩くツバキは、これ以上ない程緊張している様子だった。

それも無理からぬことだと、利壱は思う。長い間、隅田川の上で暮らしていたツバキにとって、土の上を歩くのが久しぶりのことなら、こういった荒地を見るのも初めてのことだろうから。

江戸町二丁目の角を曲がった所で、利壱は前方右手を指さした。

「あそこに長屋があるのが見えますか？　あれが四郎兵衛会所です」

ツバキは、え？　と顔を上げた。

「あの……四郎兵衛会所というのは、番人船のことではござんせんか……？」

「ツバキさんはご存じないいんですね。実は、第二吉原にも四郎兵衛会所があるんですよ。

といっても、こっちの四郎兵衛会所は、ほとんど番人が寝起きするだけの場所なんですが」

かつての四郎兵衛会所は、吉原大門から入ってすぐ右手、江戸町一丁目のほうにあったという。それが御一新によって廃止され、今度は大火によって復活した。ただし、権利の関係等があって、以前と同じ場所に建設することができなかった。そこで大見世の楼主が筆頭となって国に掛け合い、ようやく江戸町二丁目の美華登楼址に、長屋風の会所を建てることを許されたのだ。

利壱が四郎兵衛会所に入ったのは、この建物ができた直後のことだった。

あの大火で身寄りを失った利壱は、しばらくの間、孤児院に預けられていた。

新しく四郎兵衛会所ができると聞いたのは、それから約一年後。たまたま街で再会した昔なじみの楼主が、「番人の見習いを募集しているよ」と教えてくれた。懐かしい故郷に帰りたい一心だった利壱は、すぐさま荷物をまとめ、三日もしないうちに吉原の地に戻り、四郎兵衛会所の門をたたいた。

そんな思い出話を語っていると。

「わっちが吉原に来たのは、吉原が隅田川に移ってからにござんす」

利壱の話に返すように、ぽつりとツバキが言った。

「わっちも、幼い頃に、はやりのスペイン風邪で両親に死に別れを……そいで……」

「それ以上は駄目ですよ、ツバキさん。何のために廓言葉があるのか忘れたんですか？」

あ、と小さく声を上げて、ツバキは口をつぐんだ。

語尾に「ありんす」や「ござんす」とつける娼妓独特の廓言葉。見世によって言葉遣いは微妙に異なるが、どれも娼妓の出自を隠すために用いられている。裏を返せば、娼妓は自分の出自を語ってはならず、また、お客も娼妓の出自を聞いてはならないことを意味している。これは御一新前からある吉原の法度なのだ。

娼妓となれば、田舎者も華族も皆同じ。分限者の娘も貧乏人の娘もすべて平等。出自にかかわらず、たくさんのお客を、そして上等のお客を持った者だけが上に行ける世界。それが吉原なのだ。

「申し訳ござんせん、利壱どん」

「いいんですよ。きっと久しぶりに土を踏んだので、気が緩んでしまったんでしょう」

上級の娼妓は、恐ろしい程目端が利く女たちばかりだ。身の周りに目配りするのは当然ながら、お客の趣味嗜好を瞬時に見抜き、あっという間に虜にしてしまう。最上級ともなれば、もはや隙や気の緩みなどというものとは無縁になる。いや、むしろ、あえて演じてみせた気の緩みを手練手管として利用する。

娼妓の張りと粋。そして演じる女の隙。

今のツバキには、そんなことは到底できやしないだろう。於豊は期待しているようだが、これは前途多難だ、と利壱は内心苦笑いをする。

江戸町二丁目の通りをしばらく歩くと、次第にむっとした湿気を肌で感じるようになった。

お歯黒どぶ沿いに出たのだ。

貸座敷と呼ぶのをためらうような薄汚いバラック小屋が、隙間なくびっしりと軒を連ねている。荒地の雑草越しでも異様な雰囲気を感じ取れるが、間近で見ると、その不気味さもいっそう迫力を増す。

「あ」

急にツバキが足を止めた。

正面の見世の障子が少しだけ開き、そこから娼妓らしき女が顔を半分だけ出したのだ。女は、じっとツバキを見ていた。まるで睨みつけるかのように。

「目を合わさないでください」

利壱は言った。

女の顔色と目の落ち込み具合から見て、あれはきっと、もう使い物にならなくなった鉄砲女郎の類だろう。客を取ることもできず、楼主の恩情で布団をもらい、その布団の上でじっと死を待っている。娼妓名簿に名を残しているだけの既に娼妓とは呼べない有様になった女が、この第二吉原の切見世には少なからず存在しているのだ。

「安心してください。これから行く真木楼は、ああいう見世じゃありませんから」

利壱が言うと、ツバキは「あい」と小さくうなずいた。

バラック小屋の前に立つツバキは、まさに掃きだめに舞い込んだ鶴のようだ。あまりにも目立つ。ここは急いだほうがいいだろう。

バラック小屋が続く通りを、ふたりは急ぎ足で、九郎助稲荷の方角に向かって進んでいく。

すると途中に、長屋に籬《まがき》と呼ばれる格子戸を取り付けたような、比較的こぎれいな見世が見えた。

高級感はないが、近隣のバラック小屋とは違い、お客をもてなすのにふさわしい、清潔で手入れの行き届いた見世。その見世こそが『真木楼』だ。

見世の前では、妓夫《ぎゆう》と呼ばれる客引きの男が、こちらに背を向けて掃き掃除をしていた。顔は分からない。しかし、その背中に、利壱は見覚えがあった。

「啓《けい》ちゃん、師匠の所から帰ってたのかい？」

利壱が声を掛けると、妓夫——啓次郎《けいじろう》は弾かれたように顔を上げた。

「なんだ、利壱か」

利壱が声を掛けた啓次郎は、役者跣《やくしゃはだし》のすっとした優男だ。

歳は利壱より上の二十歳。吉原生まれの吉原育ちで、利壱とは幼馴染の間柄になる。手に職をつけるため、十二の歳——大火の一年前——から塗物師の所に修行に出ていたはずなのだが、師匠に暇乞いでもしたのか、実家である真木楼に戻ってきたようだ。

「久しぶりだな、利壱。お前こそ、元気で……」

言い掛けて、啓次郎はぎょっとした表情で動きを止めた。

ツバキの存在に驚いたのだろう、まるで冠布を外し、レンズをつまびらかにした写真機のように目を見開いている。

「ど、どこの娼妓見習いだ？　まさか、足抜けか？」

「違うよ、啓ちゃん。四郎兵衛の番人がそんなことするわけないだろう？」

利壱は笑う。

「この人は長春楼のツバキさんだよ。楼主の於豊さんに頼まれてお連れしたんだ。小菊さんはいるかい？」

「ああ、御内所に……」

そうかい、と言って、利壱は入り口を潜った。

ツバキもそれに続こうとして――ふと、籬の隙間から誰かが顔をのぞかせていることに気付いた。

そこにいたのは、ツバキの歳より軽く二倍は超えているだろうと思われる、年増の娼妓だった。

きっと、年齢ゆえにお払い箱になり、切見世に落ちてきた娼妓だろう。花の頃はとうに過ぎているが、紅を引いた婀娜《あだ》っぽい笑みは艶やかで、花魁の若い娼妓とはまた違う色気がある。まれに、花魁の上級娼妓より、切見世の年増娼妓のほうが情も深くて具合がいいというお客がいるが、それもあながち酔狂で言っているのではないのだろう。

「振袖とは、懐かしゅうござんすねえ」

年増の娼妓は、赤い口の端をにやりと上げた。

「わっちも、昔はそねえな着物を着たもんでござんすよ」

娼妓の誰に言うでもないつぶやきに会釈を返して、利壱とツバキは上がり框《かまち》を踏む。

まだ日が高いこともあって、見世の中は静かだ。

入ってすぐの所にある御内所は襖が開け放されており、藍縞の着物を着た女が、角火鉢の前でぼんやりと煙管をふかしている。

真木楼の楼主、小菊だ。

「おやまあ、利壱どん」

利壱たちに気付いた小菊が、こちらに目を向けた。

小菊は先程の娼妓より更に年増だったが、今でも驚く程艶っぽい。かつては大見世で最上級娼妓の名を張っていたそうだが、その美貌は衰えるどころか、更に円熟味を増したと噂されている。同じ娼妓上がりの楼主でも、巌のような於豊とは雲泥の差だ。

「お歯黒どぶ界隈には珍しい、綺麗なお客さんを連れてきてくださったようで。さあさ、どうぞお入りなんし」

小菊に促され、利壱たちは御内所に入った。

花艇の御内所と比べると、狭くて簡素な部屋だ。小菊は煙管を煙草盆に置くと、「今日はどねえな用件で?」と、ツバキの顔をちらりと見た。

すかさずツバキは三つ指をついた。

「お初にお目に掛かりんす。わっちは長春楼の娼妓見習いで、ツバキと申しんす。この度は、当見世の楼主、於豊の名代で参りんした」

折り目正しく挨拶をすると、ツバキは懐から奉書を取り出した。

受け取った小菊は、細い指で奉書を広げ、中の文面に目を通した。

そして一通り読み終えると、「長春楼さんは、何かを始めるつもりなのでござんすねえ……」と、どこか含みのある言葉をつぶやいた。

「時にお前さん……ツバキと言いんしたね？　於豊さんから聞いてござんすか？」

「いいえ、わっちは何も。ただ真木楼さんからお返事を聞いてくるよう託かっただけで」

然様でござんすか、と言って、小菊はうなじの後れ毛を指先で整えた。おそらく、それが癖なのだろう。やがて思案げに眉根を寄せると、小菊は「さて、困りんしたねえ」とつぶやいた。

「新聞に長春楼の広告を載せたいので、三浦錦繍《みうらきんしゅう》を紹介してほしいという内容だったのでござんすが」

「え、あの三浦錦繍でござんすか？」

驚いた様子のツバキを見て、利壱はひとり首を傾げた。

三浦錦繍。どこかで聞いたことがあるような気がするが、さて、一体誰だったろうか。

利壱の様子に気付いたツバキが、小さな声で「名高い絵の大家にござんす」と助け船を出した。

「名高い、と言いますと」

「大きな賞をいくつもお取りになった方にござんす。新聞などで、お名前を拝見したことはござんせんか？」

そう言われてみれば見たことがあるような気がするが、それでも記憶に薄い。おそらく、利壱の興味を引くような記事ではなかったのだろう。

まあ、何はともあれ、とりあえず、三浦錦纁が有名人で、しかも小菊の知り合いであるということだけは理解できた。

ツバキは申し訳なさそうな視線を小菊に向けた。その視線に気付いたのか、小菊は独りごちるようにボソボソと口を動かす。

「まあ、同じ女楼主ということで、長春楼の於豊さんには日頃から何かとお世話になっていることでござんすし、お力になりたいのはやまやまでござんすが……しかし、錦絵となると……これればかりは、三浦錦纁本人の考えもあることゆえ……」

小菊の言葉尻は、どんどん小さくなっていく。

利壱にはよく分からないが、これは於豊の厚かましい願いだったのではないかと考える。なにせ大きな賞をいくつも獲得している画家だ。その画家に対し、肉筆絵よりも格の下がる錦絵、しかも新聞の広告絵を頼みたいというのだから、ツバキが申し訳なさそうな顔をするのもしかたない。真木楼と三浦錦纁にどのような関係があるのかは知らないが、小菊としても、これは顔つなぎをしにくい内容であることは間違いないだろう。

小菊は、「あい申し訳ないことでござんす」と頭を下げた。

「この件で錦繍に口利きをすることはできんせん。真木楼の小菊が詫びていたと、於豊さんによろしくお伝えくんなまし」

「あ、そんな、どうか頭を上げてくださんし。当見世の楼主には、きちんと申し伝えんすゆえ」

慌ててツバキも頭を下げる。

すると小菊は、不意に何か閃いたのか、「あ、もし」と声を上げた。

「於豊さんが御所望の三浦錦繍をご紹介することは叶いんせんが、別の絵師なら今すぐにでも」

「え？」

「錦繍の末弟子でござんす。まだまだ駆け出しの半人前ではござんすが、腕のほうは、師匠である錦繍の折り紙付きでござんすゆえ」

小菊は「いかがでござんす？」と小首を傾げてみせた。

「あの、では、そのように楼主に申し伝えんす。お返事は、楼主のほうから改めて」

丁寧にツバキが頭を下げると、すかさず小菊は、「ちょいと！」と誰かを呼ぶように御内所の外に向かって声を上げた。

すると、先程まで見世先で掃き掃除をしていた啓次郎が、「何ですか？」と顔をのぞかせた。

「お前、こちらの見習いさんにご挨拶しなんし」

啓次郎の袖を、小菊がぐいっと引っ張った。

よろけた啓次郎は、そのまま小菊の隣に腰を下ろす形になった。

「何ですか。挨拶なら先程しましたが」

「その挨拶じゃあございません。この狭い見世でござんす、どうせわっちらの話も聞こえていたんでござんしょう？　さあ、お前の本業の挨拶をしなんし」

「本業……」

不意に啓次郎の表情が変わった。戸惑うように視線を揺らしたかと思った瞬間、今度はまっすぐにツバキを見つめ、そしてゆっくりと頭を下げた。

「……三浦瑯月《ろうげつ》と申します」

「三浦？」

その名前に反応したのは、ツバキより利壱のほうが先だった。

「啓ちゃん、どういうことだい？　それに、瑯月って……」

ああ、と吐息のような返事をすると、啓次郎は書院に置かれていた筆と紙を取り出した。

そして筆先に墨汁を含ませると、ふう……と雑念を払うように大きく息を吐き、一気に筆を紙に滑らせた。

滲む墨汁の線は、細くなり太くなり、まるで生き物のようにしなやかにうねって、やがて形へとなっていく。

それは摩訶不思議な白昼夢を見ているようで、誰も声を発することができなくなっていた。

気が付いた時には、紙の上に、麗しい少女像ができあがっていた。

利壱は息を呑むと同時に、ツバキの顔を見た。その視線に気付いたツバキが、ハッとした表情で顔を上げる。

「これ……わっちでござんすか？」

戸惑うツバキに「然様で」と答えて、啓次郎は筆を置いた。

「利壱には黙ってたけど、俺、塗物師に弟子入りした後、訳あって、三浦錦繍の門下で絵の修行をすることになったんだ」

「じゃあ、小菊さんが言っていた錦繍の末弟子って」

「俺のことだよ」

何が嫌なのか、啓次郎は複雑な表情で視線を伏せた。

「独り立ちしたばかりなのでござんすよ」

すかさず口を挟む小菊に、啓次郎は更に顔を曇らせる。

「独り立ちと言っても、師から離れただけ。今後、絵師として食っていくかどうかは、まだ決めてないんだけど」

「ああもう、お前はそねえなことばかり言って！　しっかりしなさんし！」

はしたない程に大声で活を入れて、小菊はツバキに向き直った。

「まだ駆け出しゆえにこねえなことばかり申しておりんすが、一度仕事と請け負いましたからには、啓次郎は真面目に取り組む人間でござんす。この度の仕事、どうか、於豊さんにお口添えしていただきとうござんす」

「あ、あい、では、そのように」

ツバキの返答に、小菊はほっとしたような表情を見せた。

しかし、その瞳だけは真剣そのものだった。


隅田川上には、静かな風が吹いていた。

真木楼からの帰り、猪牙舟に乗ったツバキは、墨汁が乾いたばかりの絵を食い入るように見ていた。

「風に飛ばされてしまいますよ」

「あ、あい」

ツバキは慌てて絵を折りたたもうとした。が、途中で手を止め、遠慮がちに利壱を振り返った。

「あのう……ひとつ、伺ってもようござんすか?」

「はい」

「わっちは、この絵に似てござんすか？」

「え？」

奇妙な質問だと利壱は思った。本来なら絵が自分に似ているかと聞くものなのに、ツバキはその逆を言ったのだ。

「よく似ていると思いますよ」

利壱が答えると、ツバキは心底嬉しそうな表情を見せた。

「その絵が気に入ったんですね」

「あい。わっちはこねえに綺麗な物、初めて見んした」

「つまりそれは、『自分は綺麗だ』と仰りたいんですか？」

利壱の言葉に「え？」と小首を傾げ、慌ててツバキは「そういう意味じゃござんせん！」と首を横に振った。

「本当に、そういう意味じゃござんせん。ただ……この絵を見ていると、まるで夢を見ているような不思議な気分になって……他人様が見るわっちはこねえなふうなのかと、本当にこねえな人間であればいいのにと、そねえなふうに思ったのでござんす」

「俺は、ツバキさんはその絵のままだと思いますよ。きっと啓ちゃん……じゃなくて、三浦卿月の目にも、そんなふうに映ったのではないかと」

然様でござんすか、とつぶやいて、ツバキは再度たたみかけの紙を開き、絵の中の自分に視線を落とした。

利壱は櫂を漕ぐ。隅田川の波音は徐々に変化し、徐々に人のざわめきや三味線の清掻《すががき》が耳に入ってくるようになった。

花艇の間を抜けていく。白昼夢にひたっていたツバキの表情も、少しずつ引き締まっていく。

長春楼は、もう近い。

第二話　水雫の指輪

渡舟場から半鐘の音が聞こえた。お客が猪牙舟を呼ぶ音だ。

その日は久しぶりの曇り空で、鳴り響く半鐘の音は、いつも以上に大きく聞こえた。朋輩の番人たちが船頭をする猪牙舟は、どれもお客を乗せている。赫鯨楼でお客を降ろしたばかりの利壱は、大急ぎで櫂を返した。

渡舟場の半鐘櫓の下に立っていたのは、珍しく洋装でめかしこみ、大きな風呂敷包みを抱えた啓次郎だった。

「何だ、啓ちゃんか。どこに行くんだい？」

猪牙舟に乗り込む啓次郎に声を掛けると、啓次郎は「長春楼」と答えた。

「長春楼ってことは、あの仕事、決まったのかい」

「ああ、そうだよ」

何が気に入らないのか啓次郎の顔は酷く陰鬱だ。曰く、於豊にかなり値切られたらしい。

ツバキが持ち帰った素描を見た於豊は、啓次郎の腕を酷く気に入った。そこで、於豊は啓次郎に交渉を持ち掛けた。一門の長である三浦錦繍ならともかく、まだ駆け出し、しかも今回が初仕事の啓次郎に、高額な謝礼金を払うことはできない。ならば、それに見合った謝礼金にするべきだと。つまりは、錦繍の十分の一の謝礼金で十分だろうと。

「その代わり、長春楼の広告絵とは別に、娼妓全員の姿絵も描いてみないかと言われた。時間も労力も掛かるだろうが、売れっ子でもない俺は、時間がありあまっているから問題ないだろうって」

「それで、ちゃんと交渉したのかい？」

「いや、しなかった。うちの楼主にも『そんなものする必要はない。そのまま請けるべきだ』ってしつこく言われたし」

　錦繡の十分の一とはいえ、長春楼の娼妓全員分となれば、錦繡に支払うつもりだった金額より多くなる。それでもいいと於豊が考えているということは、おそらく儲けにつながる確かな算段があってのことだろう。商売に関しては凄腕と名高い於豊のことであるし、この話に乗るべきだと小菊は主張したのだ。

「それじゃあ、近いうちに、啓ちゃんは人気絵師になるかもしれないなあ」

　のんきに利壱が答えると、啓次郎は眉根にしわを寄せ、「どうだろうなあ」と、更に陰鬱な表情で答えた。

「絵筆を握ることは嫌いじゃないんだ。むしろ好きだから、一度は塗物師になろうかとも考えた。でも、絵で食っていくとなると……ちょっと違うんだ。気持ちが引っ掛かって、その道に進むことにためらいを感じる」

「なんでだい？　絵師になりたかったから、塗物の修行をやめて三浦錦繡の弟子になったんじゃないのかい？」

「そうじゃない。実は……」

　言い掛けて、啓次郎は「何でもない」と口をつぐんだ。

　啓次郎らしくない、と利壱は思った。いつもの啓次郎は明朗快活で、言葉に淀みを持たない男だ。こういう濁し方は、滅多なことではしない。

三浦錦繡の門下に入ったことを隠していたぐらいだし、きっと人には話せない事情があるのだろう。気になるところではあるが、しかし、あえて聞かないのが吉原という所だ。吉原で生業を持つ人間に、事情を持たない人間などいないに等しいのだから。

「そういえば」

話題を変えるべく、利壱は櫂を漕ぐ手を一瞬止めた。「この前の啓ちゃんが描いた絵、ツバキさんも気に入っていたようだよ」

「あの素描を？」

啓次郎は怪訝な表情を浮かべる。「冗談だろう？　あんなの、適当に描いただけなのに」

「本当かい？　ツバキさんは、こんなに綺麗な物初めて見たって言ってたけど」

利壱はまた櫂を漕ぎ始める。ギィギィと軋むような櫂音に、啓次郎の「まさか」という声が重なる。

啓次郎の声に、わずかに戸惑いの色が混じっていたことを、利壱は聞き逃さなかった。お世辞ではなく、利壱は真実を言っただけだ。しかし、年上の啓次郎を動揺させたことが、何だか楽しくてしかたがない。

長春楼の花魁が近付く。

ふと啓次郎が、「こんなに間近で花魁を見たのは、初めてかもしれないな」とつぶやく。

「うちみたいな切見世とは、まったく比べ物にならないな」

紅殻格子を思わせる、赤を基調とした華やかな船。着物に焚き染めた香とおしろいの香りが、芳しくこちらまで漂ってきているような錯覚を覚えた。ちょうど舳先の所では、仕事前の娼妓たちが、三味線をつま弾いて歌い遊んでいる。今にもほどけそうな、しどけない帯結び。川風に揺れるおくれ毛が、見る者の目を釘付けにする。

「まるでローレライだ」

「何だい、それ」

利壱が聞くと、「西洋の女妖怪だよ」と啓次郎は答える。

「川辺の岩場にいて、その美しい歌声で船人を誘惑するんだ。ローレライに魅了された船人は、やがて波間に引きずり込まれて死ぬことになる」

「吉原の娼妓とお客の関係みたいだね。俺、娼妓に入れあげてスカンピンになったお客を、大勢知ってるよ」

ふふ、と啓次郎は意地の悪い笑みを浮かべる。日本だろうが西洋だろうが、男女の関係は大差ないものらしい。

猪牙舟に気付いた娼妓たちが、お客か否かと啓次郎を見ている。

利壱は、猪牙舟を長春楼の花艇に横付けした。すると、そこに於豊が現れた。

「ようこそ、おいでくんなまし」

利壱は驚いた。わざわざ楼主の於豊が出迎えにくるなど、とても珍しいことだ。

於豊は花艇の上から、まるで見下ろすように猪牙舟の啓次郎を見た。

「ご立派になられんしたねえ。最後に会ったのは、いつのことだったでござんしょうか」

「お久しぶりです、於豊さん。最後にお会いしたのは、確か、大火の前年の端午の節句だったと思いますが」

「ああ、然様でござんした」

さあさどうぞ、と、於豊は啓次郎を促した。

櫂を置き、利壱は係留柱に縄を結んだ。猪牙舟が安定したところで、ようやく啓次郎が花艇に乗り込もうとする。すると於豊が、「折角でござんす、利壱どんも来なんし」と、利壱も共に御内所に来るようにと指示をした。

ちらり、利壱と啓次郎は目配せをした。広告絵を作るのに、猪牙舟の番人まで呼びつけるとはおかしい。きっと、何か算段があってのことだ。

於豊の後に続くように御内所に入る。於豊は角火鉢の前に腰を下ろすと、啓次郎と利壱に、お客にしか出さない座布団を勧めた。

「ここにいるのは、大火前よりの顔見知り者ばかりにござんす。どうかお楽になさってくんなまし。ねえ啓次郎どん……いいえ、『瑯月先生』」

於豊の言葉尻に、ピリッとした力が入った。

楽にするどころか、利壱と啓次郎の体にも力が入る。於豊は薄く口の端で笑い、「昔のよしみとはいえ、『啓次郎どん』などと失礼な呼び方を致しんした。これからは、間違いなく『瑯月先生』と雅号で申し上げげんす」と言う。

「いえ、呼び名は昔のままで結構です」

「何を申しておられんす。卿月先生は名高い三浦一門の絵師、しかも、これから名を揚げていかれるお人じゃあござんせんか。卿月先生とお呼びせずして、何とお呼びすればようござんすか。勿論、見世の者にも徹底させんす。ねえ、利壱どん？」

言いながら、於豊は利壱に目を向けた。

ようやく利壱は、ああそういうことか、と合点する。利壱が御内所に呼ばれたのは、啓次郎を『三浦卿月先生』として吉原中に周知させるためだった。

広告絵を出すより前に、三浦卿月の名を売っておく。流石は娼妓から中見世の楼主に成り上がった於豊だと利壱は思う。こうすることで、「あの三浦卿月が長春楼の広告絵を描いた」と世間の目を集めようとしているのだ。

したたかな戦力だと思ったが、利壱とて、啓次郎の立身を応援したくない訳ではない。

利壱が小さくうなずくと、於豊はニヤリと満足げな笑みを浮かべた。

「では、せんだっても申し上げました通り、卿月先生にはうちの広告絵の他に、十五人の娼妓の姿絵を描いていただきとうござんす。謝礼金は、すべての絵が仕上がった後にお支払い申し上げんす。よろしゅうござんすね？」

「はい」

「期間はどのくらい掛かりんすか？　娼妓の商いの妨げにならないよう、営業前の時間を使って、なるたけ短い期間で仕上げてもらいとうござんすが」

「では、娼妓の下図一枚につき一日ということでどうでしょうか。広告絵もありますので、その間は店の出入りを許可していただきたく思いますが、仕上げは持ち帰りで致しますので、合計で三十日と少し頂けますれば」

「ようござんす。それと……」

不意に、於豊は顎をしゃくり上げるような仕草を見せた。その目は、まるで啓次郎――もとい、瑯月を値踏みしているかのように。

「……ちょいとばかり誤算がござんした。瑯月先生は、あまりにも小菊さんの血を濃く受け継ぎになりりんしたねえ」

「え?」

瑯月は小首を傾げた。

於豊は、ふふん、と鼻を鳴らし、けだるげに煙草盆を引き寄せる。

「小菊さんといえば、かつては吉原で一、二を争う器量よしと、そりゃあ評判の娼妓でござんした。瑯月先生は、その小菊さんの血を受け継ぐ役者跣の男前。その面立ちは、絵師として売り出すには最高の付加価値となるでござんしょうが、女の姿絵を描くとなると、ちょいとばかり邪魔になるかもしれんせん。何せ、絵を描く時は、部屋に瑯月先生と娼妓のふたりきり。吉原育ちの瑯月先生ゆえ、素人のような間違いを犯すとは思えんせんが、はたして娼妓のほうはどうか……。玄人とはいえ、娼妓とて、ひとりの女でござんすからね。ともすれば色恋にのぼせる者も出てくるかもしれない訳で」

於豊の言葉に、瑯月は眉根を寄せた。

「お言葉ですが、私は、よそ様の見世の娼妓に手をつけたりなど致しません」

瑯月の語気は強かった。

御一新前より、見世の男衆が娼妓に手をつけるのは、吉原の大御法度とされている。ましてや、よその見世の娼妓に手を出すなど、吉原の男のすることではない。絵師になったとはいえ、切見世楼主の息子である瑯月も重々承知していることだ。

しかし於豊は、瑯月の不快感など気にする様子も見せず、「まあ、何も考えがない訳じゃあござんせんが」と、勝手なことを話し始めた。

「瑯月先生が絵を描く際には、瑯月先生のお世話役という名目で、娼妓見習いをひとりつけることに致しんす。ほら、せんだって真木楼さんに使いに出した見習い、あのツバキはいかがでござんすか？」

「別に構いませんが」

表情を変えぬまま答える瑯月に「ありがとうござんす」と言って、於豊は楽しそうに煙草盆から煙管を取り出した。

「では、商談成立でござんすね。早速取り掛かっていただくことに致しんしょう。まずは娼妓の藤代《ふじしろ》から。二号艇の部屋に待機させてござんす。姿絵の構図は瑯月先生のご随意に」

そこまで一息にしゃべると、於豊は首を外に向けた。

「ツバキ！　こっちに来なんし！」

於豊の一声と同時に衣擦れのような小さな足音が響いて、御内所にツバキが顔をのぞかせた。

「楼主、お呼びにござんすか？」

「『三浦瑯月先生』がお越しにござんす。ご挨拶をしなんし」

あ、と小さな声を上げ、ツバキは「ようこそ」と瑯月に頭を下げた。

「今日より、瑯月先生には、うちの娼妓の姿絵を描いていただきんす。その間、お前は瑯月先生のお世話係をすることになりりんした。片時も離れることなく、粗相のなきよう、よろしくお頼み申しますよ」

ツバキはわずかに瞠目したが、すぐに「あい」とうなずいた。


ツバキに先導されて瑯月が二号艇に移動したところで、利壱も御内所を後にした。

去り際、利壱は於豊から、渡し賃の他に心付け——と呼ぶには少しばかり多めの駄賃をもらった。これは、瑯月の名を吉原の客に広めるための前金のような物だろう。利壱の手のひらに小さな金封を置く於豊の顔は、とても満足そうだった。どうやら、於豊の思い通りに事が進んでいるらしい。ということは、利壱の働き次第で、瑯月の立身もそうとうなことになるのかもしれない。

利壱は猪牙舟に乗り、ゆったりと櫂を漕いだ。

昼飯にはまだ時間がある。が、渡舟場でぼんやり客を待つよりは、一度、番人船に戻って早めの昼食をとったほうがいいだろう。番人船には警官や朋輩も詰めていることだし、食事がてら瑯月のことを話しておくのもいいかもしれない。みんな啓次郎とは顔馴染みなのだ。きっと瑯月の売名に手を貸してくれるに違いない。

そんなことを考えながら、利壱は舳先を番人船のほうに向ける。

すると次の瞬間、激しい半鐘の音が利壱の耳に飛び込んできた。

花艇に装備された半鐘には、花艇に見合った打ち鳴らし方というものがある。番人を呼ぶ時は、お客と娼妓の睦事を邪魔しないゆったりと優雅な調子で鳴らすのだ。

けれど、この半鐘の音は違う。

この火の見櫓のごとき激しい打ち鳴らし方は、大事が起きたという警鐘だ。

利壱は慌てて半鐘の聞こえた方角――赫鯨楼のほうに櫂を返した。

その途中で、反対側から赫鯨楼に向かう朋輩と鉢合わせする。

朋輩は利壱の顔を見るなり、渋い顔でつぶやいた。

「番人船から怒鳴り声が聞こえた。どうやら『会所破り』のようだ」

会所破りとは『四郎兵衛会所破り』のことで、つまりは番人が船頭をする猪牙舟に乗らず、無断で花艇に上がろうとする輩のことを指す。この手合いの人間は、大概が碌なものではない。利壱の経験から鑑みるに、おそらくタチの悪い酔っ払いか、金を持たない色狂いか、もしくは洒落にならない犯罪者のいずれかだろう。

艶やかな赫鯨楼の花艇の向こうに、威圧的な黒い番人船が見えた。

その傍では、不自然な程大きな水飛沫が、大蛇がうねり狂うかの如く立ち上っている。響く怒声は、番人船に詰めている朋輩と、警察官のものだ。

「利壱、急ぐぞ！」

隣を漕ぐ朋輩の言葉に、利壱は大きくうなずいた。既に捕り物は始まっている。すぐにでも加勢しなければならない。

白濁と飛び散る水飛沫の隙間から、藍の着物と白い肌着が水中で絡まり合っているのが見える。藍は番人が襷で絡げた着物の袂で、白い肌着は会所破りと思われる男の物だろう。

男の背後に回り込んだ番人は、左腕を会所破りの首に絡め、右腕でのた打ち回る胴を押さえていた。背後から取り押さえるのは、捕縛の鉄則だ。こうすることで、向こうからの反撃を受けにくくなる。それは陸でも水中でも変わらない。

「たす、け、てくれ！」

利壱たちが近付くと、男はガボガボと水を飲みながら大声で叫んだ。

一瞬、もしやただの水難者では、と利壱は思ったが、男の右手を見て考えが変わった。男は、手のひらに隠れる程の小さな袱紗包みを持っていた。溺れた人間が、あんなにしっかりと荷物をつかんでいるはずがない。

利壱は手にした櫂を持ち替え、猪牙舟に足を踏ん張った。

そして、水中にいる朋輩と目配せをした次の瞬間、暴れる男のみぞおちの辺りに、思い切り櫂を打ち付けた。

あっという間のことだった。男は「う」と小さなうめき声を上げると、すぐに四肢の力を解放した。

袱紗包みが、ゆらゆらと水底に落ちていく。猪牙舟の朋輩はそれを櫂で掬い上げ、利壱と一緒に、男を番人船に引き上げる作業を手伝う。

気を失った男の体は重かったが、しかし四郎兵衛会所の番人たちにとれば、この程度の引き上げは慣れたものだ。縄を括り付けて引っ張り、甲板に投げ入れる。その扱いは雑だ。まるで売り物にならない魚を放り込んでいるかのようだ。

続いて利壱たちも番人船に乗り込むと、詰め番の警官が手にした荒縄で、男が暴れないように柱に縛り付けた。

「ひとまず、違《い》式《しき》詿《かい》違《い》条《じょう》例《れい》違反で逮捕、だな」

警官のつぶやきに、誰ともなく「やれやれ」と口にする。

違式詿違条例とは、他人に迷惑を掛ける等の軽犯罪を取り締まる条例のことで、吉原の会所破りも、この条例違反にあたる。

「さて……」

会所破りを捕まえたのはいいのだが、しかし、四郎兵衛会所の番人にとっては、ここからが腕の見せ所だ。

違式詿違条例違反に明確な刑罰はない。だから、酔っ払いや色狂い程度の単純な条例違反者であれば、厳重注意の後に川岸へたたき帰す。しかし、これが洒落にならない犯罪者だった場合が面倒で、所轄の深川署まで伝書役をしたり、警察の取り調べの補助を行ったり、搬送の随行までしなければならない。これらの仕事に対し、警察は一銭の駄賃も出さず、当然ながら番人はタダ働きとなる。だから番人は、ことのほか会所破りを嫌うのだ。

どうか酔っ払いや色狂いでありますように、と願いながら、番人のひとりが「おい、起きろ」と男の肩を揺する。

男はすぐに目を覚ました。しばらくはぼんやりとしていたが、急にハッとしたように我に返ると、男はキョロキョロと周囲を見回した。

「わ、私の袱紗包みは？」

すると、朋輩のひとりが「これのことか？」と、びしょ濡れの包みを差し出した。

「あ、それです！　ああよかった、手首に縛り付けていたのですが、泳いでいる途中で結び目がほどけてしまって……」

男は上体を前のめりにした。が、次の瞬間「あっ？」と間の抜けた声を上げた。ようやく自分が柱に縛られていることに気付いたのだ。

「お前は、違式詿違条例に違反したのだ」

警官が言うと、男は酷く驚いた表情を見せた。

「何を言っているのです？　私は赫鯨楼に登楼しようとしただけですが」

「そうか、やはり赫鯨楼に侵入しようとしていたのだな」

「侵入とは人聞きの悪い。あの見世には、私と将来を誓い合った女がいるのです」

「その女に会いに、お前は隅田川を泳いだのか？」

「はい」

男の言葉を聞いて、その場にいた番人全員が顔を見合わせた。

将来を誓う程好いた男に、吉原の娼妓が会所破りをさせる訳がない。

この男、とんだ勘違い野郎だ。

「念のために聞くが、その女というのは娼妓のことで間違いないか？」

警官の問いに、男は「はい」と力強く答えた。

「その娼妓に、何を言われた？」

「『主様《ぬしさま》のように初心《うぶ》な御仁《ごじん》は初めて』と。それで、『主様のような御仁と添い遂げることができたら、わっちはどれだけ幸せであろうか』と」

「……それは娼妓の手練手管であって、将来の誓いではないだろう」

「いいえ！　私は『ならば私の嫁にしてやる』と答えました！　ですから、私たちはちゃんと将来を誓い合った仲なのです！」

揺るぎない男の言葉に、ああこれは間違いなく初心な男だな、と利壱は思った。

吉原とは、娼妓が体を売るだけではなく、色恋の駆け引きも楽しむ場所である。娼妓と客は、時に恋人のように、時に夫婦のようにして睦み合う。だから嫉妬めいた態度をとることだってあるし、偽りの恋慕を口にすることだってある。しかし、それもすべて花代のうち。娼妓の言葉を本気にする男など、野暮天《やぼてん》のなかの野暮天というものだ。

するると、利壱の隣にいた朋輩が、急に「あ！」と声を上げた。

「お前、以前、大迫《おおさこ》商会の社長に連れられて来てた客じゃないか？」

男は大きくうなずいた。

「そうです。大迫商会の社長は、私の伯父です」

その言葉に、番人船は一気にどよめいた。

大迫商会の社長といえば、赫鯨楼の上顧客だ。馴染にしているのは赫鯨楼で最上級の娼妓である松乃枝《まつのえ》だが、松乃枝以外の娼妓にも小遣いを出してやるなど、とにかく羽振りのいいことで有名で、当然、赫鯨楼では下にも置かない扱いを受けている。

その大迫商会の社長の甥御を会所破りの軽犯罪者として扱うとなると、厄介なことになるのは間違いない。

「……赫鯨楼の楼主に話をしてみるか」

警官は、詰め寄った体を翻すようにして言った。

利壱たちは荒縄を解く。

男は荒縄の痕が残る腕をさするような仕草をすると、すぐに袱紗包みを手に取った。

警官が「名前は？」と聞く。

「大迫篠治郎《しのじろう》です」

朋輩のひとりが猪牙舟に飛び乗り、赫鯨楼に向かった。

もう自分たちは必要ないだろうと、利壱たちは仕事に戻る準備を始めた。すると、「待て」と警官が番人船に留まることを要求する。大事になる可能性もあるため、ひとりでも多くの証言者を残そうという考えなのだ。

警官は篠治郎に、船室へ入るようにと言った。いつもは利壱たち番人が食事や昼寝などをするために使う、八畳程の殺風景な部屋である。

「執務室か取調室じゃなくていいんですか？」

利壱が警官にそっと耳打ちすると、警官は「ああ、構わない」と答えた。

「そっちに連れていく程の犯罪者には見えないからな」

確かにそうだな、と利壱は思う。

執務室とは、番人船に詰める警官のみが使える部屋だ。軽犯罪ではすまなそうな人間が相手の場合は、執務室か取調室で取り調べを行うのだが、今回は事情が違う。逃げようとする様子もないし、番人たちの船室で十分と考えたのだろう。

船室は無人だった。そこに、利壱と朋輩、そして警官と男——大迫篠治郎が入る。

警官は篠治郎に、煎餅のように薄くなった座布団を勧めた。篠治郎はとても素直で、その座布団に、まるで子供のようにチョコンと座った。

「……ところで、肌着姿なのはどうしてだ？」

「岸で脱いできました。シャツを濡らすのは嫌だったので」

「では、肌着のまま赫鯨楼に上がるつもりだったのか？」

「手ぬぐいを借りて、肌着は見世で干してもらえばいいと思っていました。それが乾くまでの間、松乃枝の着物でも羽織っておこうかと」

一瞬、警官は眉根を寄せた。同時に、利壱と朋輩も顔を見合わせる。

「まさかとは思うが、お前が会いに行こうとしていたのは、赫鯨楼の松乃枝か？」

「はい、そうです」

あっさりと答える篠治郎に、逆に警官のほうが慌てた。

転げるように執務室に駆け込み、慌ただしく帳簿を持ってくる。

帳簿には各見世の娼妓の名前が記されており、更には特定の娼妓と馴染となった政治家や著名人、分限者の名前が書き込まれている。

「ほ、ほら、これを見てみろ。松乃枝の馴染はお前の伯父上で、お前ではないはずだが」

「はい、もちろんそうですよ。確かに松乃枝の馴染は私の伯父ですが、ただ、将来を誓ったのは伯父ではなく私だったということです」

警官は言葉を失った。

吉原のしきたりは少々特殊で、一度特定の娼妓と馴染になってしまうと、他の娼妓と浮気をしてはいけないことになっている。これは、吉原が疑似恋愛や疑似夫婦を楽しむ場所であるからで、他の娼妓と浮気しようものなら出入り禁止、御一新前なら市中に晒し者とされる程の不届きな行為であるのだ。

つまり、篠治郎の伯父と松乃枝は疑似夫婦関係にあり、篠治郎は、いわば義伯母にも等しい存在の女と将来を誓い合ったということになるのだ。

赫鯨楼に向かった番人は、まだ戻ってこない。

言葉を失ったままの警官は、ちらりと利壱を見る。どうにか場をつなげと、視線で利壱に指示を出しているのだ。

一番歳が若いからしかたないとはいえ、損な役回りだ。そう思いながら、利壱は「松乃枝とは、いつ、そういう関係になった？」と聞いてみる。

篠治郎は「会ったその日に」と答えた。

「二十歳の誕生祝いに、伯父が赫鯨楼で宴席を設けてくれました。母は、そのような所での宴席など不道徳だと怒っておりましたが、これも社会勉強のうちだと伯父が強く申しまして……。松乃枝は、その宴席にいた娼妓のうちのひとりです」

娼妓のうちのひとり、ということは、宴席には複数の娼妓がいた。しかも、大見世最上級の娼妓をそのような席に出したということは、おそらく見世は総仕舞い――つまり、貸し切り状態だったはずだ。

利壱と同じ考えに至った警官が、暦のついた帳簿をパラパラと捲る。

昔と違い、今の総仕舞いは事前の届け出が必要だ。警官が「一月十五日か……」とつぶやいたので、その日に赫鯨楼の総仕舞いが行われたのだろう。

一月十五日といえば、もう二か月も前のこと。

「松乃枝とは、それから何回会った？」

「それきり会ってませんが」

「え？」

篠治郎曰く、松乃枝と将来を誓い合ったのは、宴席が設けられた花艇の便所の前。初めての酒と船酔いで具合が悪くなったところを、松乃枝が介抱してくれたのだという。

「他の娼妓らは伯父を持ち上げることに必死になっていましたが、松乃枝は違いました。便所に駆け込んだ私を心配して、わざわざ追いかけてきてくれたんです」

便所ですべてを吐き出し、胃の中を空にしてようやくすっきりしたところで、篠治郎は便所を出た。すると、そこに、松乃枝が口をゆすぐための水を用意して待ってくれていた。

「便所の前に立つ松乃枝は、まるで掛け軸の中の仙女のようでした」

うっとりとしながら、篠治郎は語る。

松乃枝の水で口をゆすいだ篠治郎だが、いつまた嘔吐感に襲われるか分からず、しばらくは便所の前から立ち去ることができずにいた。

松乃枝は、そんな篠治郎を介抱しながら、吉原のさまざまな話をしてくれた。

「もちろん、私も色々なことをしゃべりました。日々の生活のことや、家族のことや、学友のこと……。本当に、夢のように楽しいひとときでした。その話の中で、私は松乃枝に言われたのです。『主様のように初心な御仁は初めて』と。『主様のような御仁と添い遂げることができたら、わっちはどれだけ幸せであろうか』と」

「それで？」

「しばらくして私の体調も落ち着き、宴の席へ戻りました。その後、私は供の者と自宅に帰され、伯父は松乃枝の部屋に泊まりました。正直言って釈然としないものがありましたが、しかしこれも松乃枝の仕事なので致し方ないことかと……」

とんだ世間知らずの坊ちゃんだ、と利壱は思った。

伯父と同衾するのが松乃枝の仕事だと理解できるなら、どうして自分に対して放った甘い言葉も仕事のためだと思えないのか。もしや、自分に向けられる好意的な言葉は、すべて真実であると思っているのだろうか。

「その松乃枝の言葉を、ただのお世辞だとは思わなかったのかい？」

思わず、利壱は篠治郎に問う。

すると篠治郎は、「なぜそのようなことを？　松乃枝程の女が、お世辞のような見え透いたことを言う訳がありませんよ」と、至極真面目に答えた。

利壱は呆れた。なんと思い込みの激しい男であろうか。この男に吉原のしきたりを、そして娼妓の手練手管を理解させるのは、そうとう難儀しそうだ。

さて、どう言うべきか。

利壱は頭を捻った。そして、「このことを伯父上はご存じなのかい？」と聞いてみた。

「もちろん、既に報告してあります」

「いつ、どんな風に？」

「ここへ出向く前に伯父のもとへ行き、話をしました。伯父は何も言いませんでしたので、きっと納得してくれたものだと」

それは、何も言わなかったのではなく、単に驚いて言葉をなくしただけなのではないかと利壱は思う。

視界の隅で、警官が頭を抱えているのが見えた。「お前は馬鹿か」と一蹴するのは簡単だが、まがりなりにも篠治郎は大見世、赫鯨楼の上顧客の甥御。下手をすれば他の客も巻き込み、吉原全体の景気を左右することにもなりかねない。

利壱はチラリと朋輩を見た。すると、朋輩は七輪の上の鉄瓶に視線を向けた。目を逸らしたのではなく、何も思いつかないので茶でも淹れようと考えたようだ。

朋輩は急須を手に取った。そこに枯葉色の茶葉を入れ、トポトポと鉄瓶の湯を注ぐ。次第に香ばしい香りが立ち込め、全員が無言のまま、湯呑に注がれるほうじ茶の音に耳を傾ける。

朋輩も無言のまま、熱い湯呑を配る。そして、全員同時に湯呑に口をつける。

当然ながら、口を放す瞬間も一緒だ。さて、問題はここからだ。はたして、どのように場を持たせればいいのか。

互いに互いの様子を窺った次の瞬間、急にガタガタと船室の外から物音が聞こえた。

赫鯨楼に向かった朋輩が、ようやく戻ってきたのだ。

利壱は立ち上がり、大急ぎで船室の扉を開けた。その後ろから、警官の声が追いかけてくる。

「おい、赫鯨楼の楼主は何と……」

おそらく警官は、「何と言っていた？」と言いたかったのだろう。しかし、途中で言葉を詰まらせた。

無理もない。扉の向こうにいたのは、むさくるしい番人ではなく、そこにいるはずのない娼妓の松乃枝だったのだから。

「急に参じまして、申し訳ござんせん」

松乃枝は警官に向かい、恭しく頭を下げた。

「話は楼主から聞きんした。なんでも、わっちの馴染み客にかかわる騒動だとか。なれば、わっちが直接お話しに伺ったほうがよろしいかと思いんして」

う、うむ、と、警官は息を呑むような返事をした。

しかし、それも無理からぬこと。相手は大見世の最上級娼妓で、ひとたび笑みを浮かべれば、後光が射して見えると言われる程の美貌の持ち主だ。当然ながら馴染み客の足が遠のくことのない売れっ子で、花魁の外に出ることなど滅多にない。たとえ吉原詰めの警官でも、容易く姿を見ることなどできない存在なのだ。

菖蒲色の着物の裾を優雅につまみ、松乃枝は船室に入ってきた。

「松乃枝！」

篠治郎は嬉しそうな声を上げた。

松乃枝は表情を変えぬまま、「あい、お久しゅうござんす」と、優雅に首を垂れる。

「ああ、久しぶりだね、松乃枝。どうかお前からも説明しておくれ。不審者のような扱いを受けて困っているのだよ」

「あい、それにつきましては、四郎兵衛の番人から伺ってござんす。赫鯨楼の花艇まで、泳いで渡ろうとなさったとか」

「そうなんだよ。この程度の距離ぐらいなら、私でも泳いで渡れるだろうと思ってね」

「なにゆえに」

「うっかり横浜で金を使いすぎてしまったんだ。気が付いた時には、猪牙舟の渡し賃もなくなっていた」

あはは、と笑いながら答える篠治郎とは対照的に、「然様でござんすか」と答えた松乃枝の顔は、酷く冷静だった。ともすれば、感情などなくしてしまったかのようにも見えた。

それに気付いたのか、急に篠治郎も顔色を変えた。

「どうしたんだい？　折角会いに来たのに、喜んでくれないのかい？　便所の前では、あんなに楽しそうに笑ってくれたのに」

「お言葉ですが、篠治郎様のように、すえは立派におなりになるであろう殿方が、子供のように便所、便所と容易く口にするもんじゃあござんせんよ」

まるで母親が子供を諭すように言うと、松乃枝は篠治郎の傍に、そっと腰を下ろした。

「ここは、篠治郎様のような殿方が来るような場所じゃあござんせん」

「ああ、そうだね。番人船なんて碌な人間が来る所じゃないからね。では、今すぐ赫鯨楼に……」

「いいえ、そういうことじゃあござんせん。わっちは、篠治郎様は吉原に来てはならないと、そう申し上げたのでござんす」

「え？」

篠治郎は驚きの表情を見せた。

松乃枝の言葉の意味は、そこにいる全員が理解していた。けれど篠治郎だけが、「どうしてだい？　どうしてそんなことを言うんだい？」と、あからさまに狼狽の様子を見せる。

「『見世へ登楼するには、四郎兵衛会所の猪牙舟に乗らなければならない』――これは、吉原の常識にござんす。番人が判断した人間でなければ、登楼は罷りなりんせん」

「そんなことは知っているよ。もちろん、私はよしと判断された男だろう？　以前、赫鯨楼に登楼したのだからね」

「それは篠治郎様のことじゃあござんせん。伯父上様がよしと判断されただけのことにござんす」

咄嗟に松乃枝の言葉の意味が飲み込めなかったのか、篠治郎は「え？　どうして、そんな」と激しく目を瞬かせた。

しかし、松乃枝の言っていることはまったくもってその通りだ。篠治郎の登楼を許した番人は、赫鯨楼の上顧客の甥御だから許しただけのことであって、ただの大学生である篠治郎個人なら、すぐさま隅田川の渡舟場に櫂を返していたことは間違いないであろう。

「花街で女遊びがしたいだけなのなら、どうぞ第二吉原に行きなんし」

愚かな篠治郎を叱るでもなく、松乃枝は淡々と言って聞かせた。

「第二吉原は年増や醜女《しこめ》、鉄砲女郎ばかりだと言う御仁もおりんすが、けしてそんな娼妓ばかりじゃあござんせん。こちらより格は落ちんすが、あちらの遊郭なら、篠治郎様のお小遣いでも十分に遊ぶことが可能でござんすよ」

「違う！　私は女遊びがしたいんじゃないんだ！　松乃枝がいいんだよ！」

慌てて取り縋る篠治郎の手を、けれど松乃枝は、すうっと優雅な手つきで払いのけた。

「わっちは誰よりも高こうござんす。貸座敷の花代どころか、渡し賃も払えぬ学生のお相手をするような、安い娼妓じゃあござんせん」

違う違う違う、と、篠治郎は駄々っ子のように首を横に振る。

何が違うと言いたいのか知らないが、松乃枝の言葉はそのまま真実だと利壱は思った。

松乃枝は誰よりも高い。吉原で一番格式の高い大見世、赫鯨楼の最上級娼妓。一昔前なら御職とか花魁と呼ばれる程の名妓で、花魁道中もなくなった現在の水上遊郭では、もはや容易く姿を見ることもできない存在だ。

違う違うと首を振り続けていた篠治郎は、とうとうグズグズと洟を啜り始めた。その姿は完全に子供だった。これでは、赫鯨楼に登楼どころか、切見世の鉄砲女郎だって相手にしてはくれないだろう。

「あの時は、私と添い遂げたいと言ってくれたのに」

「それは篠治郎様の思い違いでござんしょう」

「私のように初心な男は初めてと」

「ええ、それは言ったかもしれんせん。なれど、それは、篠治郎様は世間知らずでいらっしゃると、そのように申し上げたまでで」

するとと篠治郎は、ようやく事態を飲み込んだのか、急に「うわあ！」と咆哮のような泣き声を上げた。

やれやれと、利壱たちは嘆息する。いい歳をして、とんだ箱入り男だ。

松乃枝は、すう……と呼吸を整えるように息を吐くと、「もっと大人になってからおいでなんし」とつぶやいた。

「どうか、きちんと大学をご卒業なさって、赫鯨楼に見合う一端の男になってから、わっちを買っておくんなまし。それであれば、誰も文句など申しんせん」

「でも、それじゃ遅いんだろう？　それまでに、松乃枝は誰かの物になってしまうんだろう？」

泣きじゃくる篠治郎に、松乃枝は静かな笑みを浮かべる。

何も答えない。

いや、答えないのじゃなくて、答えられない。

先のことなんて誰にも分からない。松乃枝とていつかどこかの御大尽に身請けされるかもしれないし、逆に、老いに身をやつして切見世に落とされるかもしれない。

吉原の女とは、そういうものなのだ。

「わっちには既に大勢のお客がついておりんすし、誰かの物といえば誰かの物にござんすが、誰の物でもないといえば誰の物でもござんせん」

松乃枝は静かに立ち上がった。

その裾に、篠治郎は「待って！　行かないでくれよ！」と未練がましく縋りつく。

「篠治郎様、どうかお放しくださんし」

「嫌だ！　私は松乃枝を妻にすると決めたんだ！」

そう叫ぶと、篠治郎は、振り払おうとする松乃枝の手に、びしょ濡れの袱紗包みを押し当てた。

松乃枝が怪訝な表情を浮かべる。すかさず篠治郎は、「松乃枝のために、わざわざ横浜まで行って買ってきたんだよ！」と叫ぶ。

「これを見ても、松乃枝は私を拒絶するのかい？」

必死で訴える篠治郎に、松乃枝はあからさまに肩を落として深く嘆息した。

「この袱紗に何が入っているのか存じんせんが、もし本当に、見ただけで情に絆されてしまうような物が入っているのだとしたら、尚更見ないほうがよろしゅうござんしょう」

「なんでそんなことを言うんだよ！」

「わっちは吉原の娼妓にござんす。なれば、お客でもない御仁の情よりも、吉原の決まり事を優先するのは至極当然のこと」

「そんなこと言わないでくれよう！」

松乃枝の袂をつかんで泣き叫ぶ篠治郎は、もはや第三者の目など、どうでもいいようだ。

見かねた警官が、「見てやればいいではないか」と口を挟む。

「お前が見てやれば、この男は満足するんだ。ちょっとだけ見て、こんな物いらないと思えば、すぐに返してやればいいではないか」

なかなかに酷い助言に、松乃枝はまた深い溜息を漏らした。しかし、警官の言うことも一理ある。そうしなければ収拾がつかない。

松乃枝は「ならば少しだけ」と言うと、びしょ濡れの袱紗を広げた。

中から出てきたのは、白い天鵞絨《ビロード》張りの小箱だった。

「さ、さあ、早く開けて見ておくれよ」

急かす篠治郎に眉根を寄せながら、松乃枝は小箱を開けた。

天鵞絨の小箱の中には、更に天鵞絨の枕のような物が張られていて、その真ん中に緑色の石が鎮座している。

「婚約指輪だよ」

涙含みの笑顔で、篠治郎は言った。

「……どういうことでござんすか？」

「西洋では、夫婦になることを決めた相手に、その約束として指輪を送るのが習わしなんだそうだ。それで、横浜まで行って買ってきたんだ。本来ならダイヤモンドを贈るのが正式なんだそうだが、とてもじゃないが手が出なかった。だから、私の手持ちでもどうにかなる翡翠にしたんだ。ほら、ご覧よ。松乃枝の名に相応しい、綺麗な緑色だよ」

松乃枝は、じっと宝石を見つめた。

意匠こそ金の台に楕円の翡翠が載っただけの簡素な物だったが、その艶やかな緑色には、確かに初夏の頃の松葉を思わせる輝きがあった。

「ゆ……指に嵌めてみてくれないかい？」

一瞬、松乃枝の瞳が揺れた。しかし松乃枝はすぐに表情を戻し、「見るだけの約束にござんす」と、小箱の蓋を閉じる。

「でも、これは松乃枝のために買ってきた物なのに」

「愚かしいことを。こねえな物に散財して、わずかの渡し賃まで失っちまうなんて」

「た、確かにそうかもしれないが、それもすべて松乃枝に恋焦がれてのことだったんだよ。松乃枝に会えない間、私は必死に指輪を買うためのお金を貯めたんだ。私は、どうしても松乃枝の喜ぶ顔が見たかったんだよ」

「ならば、はっきりと申し上げんす。それは篠治郎様の浅はかさというものにござんす」

「え？」

松乃枝は、篠治郎に小箱を力いっぱい突き返した。

その勢いで篠治郎はよろめく。松乃枝は篠治郎を見下すように見つめ、「篠治郎様は、わっちの仕事がお分かりになっているのでございますか？」と聞く。

「ま、松乃枝の仕事は娼妓だ」

「ええ、然様でございます。なれば篠治郎様は、それを理解したうえで、何ゆえにわっちを買わなかったのでございますか？　その指輪を買うお金でわっちを買って、思う存分わっちを抱けばよかったじゃあございませんか」

え？　え？　え？　と、篠治郎は激しく目を泳がせた。

松乃枝は口の端でフフッと笑い、「吉原は男に夢を売る所なれど、花代を払わぬ男に夢を見せる程生温い所じゃあございませんよ」と言う。

「篠治郎様が指輪を買うための金を貯めている間、わっちは大勢の殿方のお相手をしてまいりんした。甘い言葉で殿方を酔わせ、求められるがままに股を開く日々にございます。それがどういうことなのか、わっちを抱いたことのない篠治郎様にお分かりになりんすか？」

篠治郎の頬に、カッと赤味が走った。

松乃枝はフフフ、フフフと笑って、「主様のように初心な御仁は初めてでございますよ」と、何度も聞いた台詞をつぶやきながら、指先で篠治郎の頬を撫でる。

「もっと大人になりなんし。そいで、恋焦がれた女の立場を、ひいては、その女のために何をしてやればいいのかを、もっともっと考えなんし」

「わ、私は、松乃枝のことを想って指輪を買ってきたんだよ！」

「ああもう、しつこうござんすねえ。これだから初心は嫌なんでござんすよ」

松乃枝は、篠治郎の頬を撫でていた指を引っ込めた。そして心底面倒くさそうに、篠治郎の額をパチン、と指で弾いた。

「わっちは娼妓にござんす。そんな指輪を嵌めた手で、大勢の男のアレやコレやをまさぐれるとお思いにござんすか？　もう一度申し上げんす。『わっちのことを思うのなら、娼妓であるわっちを買って、わっちの所にお金を落としなんし』。横浜の、どこにあるやら知れぬ宝飾店にお金を落としたって、わっちには一銭の得にもなりんせん」

もはや取り付く島もない。

言い訳すらできなくなった篠治郎は、ただシクシクと泣くだけだった。

「では篠治郎様、ごきげんよう、お元気で」

松乃枝はそう言うと、踵を返し、船室の出入り口に向かった。

その後ろを、先程松乃枝を猪牙舟に乗せてきた番人が追いかけようとする。すると松乃枝は急に足を止め、「ああ、結構でござんすよ」と小さく会釈する。

「わっちの見送りは、利壱どんにお願いしとうござんす」

思いがけぬ指名に、利壱は驚いた。

すると松乃枝は、フフフ、と含むような笑みを浮かべた。

「何やらよくない市井の空気に当たったっちまったような気がしんす。ゆえに、わっちは、吉原生まれの吉原育ちである利壱どんに送っていただいて、吉原の空気で身を清めとうござんす」

今も昔も、吉原の人間はゲンを担ぐきらいがある。そういうことなら致し方ないと、利壱は朋輩の番人と入れ替わり、松乃枝と共に船室を後にする。

船室の外に出ると、利壱は係留柱につないだ縄を手繰り寄せ、松乃枝が乗りやすいように、できるだけ猪牙舟を番人船に近付けた。

松乃枝は利壱の手を借りると、着物の裾をちょいと摘まみ上げて猪牙舟に乗り込んだ。続いて利壱も乗り込み、櫂を握る。その櫂の先で番人船の舳先を押すと、猪牙舟はすいっと静かに水上を進みだした。あとは、そのまま赫鯨楼に向かって櫂を漕ぐだけだ。

「ああ、いい風でござんすねえ」

松乃枝はそう言うが、風はじっとりとした湿り気を帯びていた。

きっと、雨が近い。

「……振られた男の涙雨なんて、そういう野暮は言いっこなしでござんすよ」

利壱の考えが伝わったのか、松乃枝は不機嫌につぶやく。

「そんなこと、一言も言ってませんよ」

「然様でござんしたね。利壱どんは吉原雀《よしわらすずめ》のようなことをしないお人だと知っているからこそ、わっちは見送りをお願い申し上げたのでござんすから」

吉原雀とは、ぴーちくぱーちくと吉原内に噂を垂れ流す、耳ざとくやかましい輩のことを言う。

えてして人間というのは噂話が好きだ。しかし自分が噂されているとなれば、これ以上に鬱陶しいことはない。いつも凜としていて、そういった下世話な物は寄せ付けない松乃枝であるが、今回ばかりは柄にもなく気にしているようだ。

「噂なんて放っておけばいいんですよ。何を言われたところで、松乃枝さん以上の娼妓など、今の吉原にはいないんですから」

松乃枝は小さな笑みを浮かべると、不意に視線を水面に向けた。小さな波紋が波間に滲む。その小さな波紋を降りだした雨と思ったようだが、それは気のせいで、まだ雨雲は空に水滴を保ったままでいるようだ。

赫鯨楼の中央にある一号艇の舳先には、振袖姿の娼妓見習いたちが集まってきていた。きっと、篠治郎が何をやらかしたのか、松乃枝の土産話を楽しみにしているのだろう。

「ああ鬱陶しいこと。下世話はいい加減に慎めと、叱ってやらねばなりんせん」

「ほどほどにしてあげてください。あの子たちも楽しみがないんですよ」

いちど花艇に乗ってしまえば、おいそれと下船することはできなくなる。花艇という狭い空間での娯楽といえば、つきつめるところ下世話な噂話に落ち着いてしまうのだ。

「いいえ、きっちり怒ってやらねばなりんせん。赫鯨楼の娼妓になる人間なら、もっと手練手管を覚えるべきもの。このような愚にもつかぬ情話を聞いて、一体何の役に立つのかと」

「情話……ですか」

利壱のつぶやきに、松乃枝はハッとした表情を浮かべて口を噤んだ。

「すみません。つまり、男と女の間にある感情の話。情話。今のは聞かなかったことにしますまし。わっちとしたことが、つい言い損じてしまいんして」

「……ええ、そうしておくんなまし。ただ、これからは気をつけて」

「気にしないでください。ただ、これからは気をつけて」

利壱は櫂を漕ぐ手を少し緩め、猪牙舟の速度を落とした。

花艇のほうを向く松乃枝の後ろ姿が、なぜだか悲しそうに見えた。思わず利壱は、「ああいう男を、かつての吉原で見たことがあります」と言う。

「どこかの見世の娼妓に岡惚れしたとかで、見世先で暴れているところを警官に取り押さえられていました。子供だった俺は、泣きわめく男をただ可哀そうだと思っていましたが、父は『それは間違っている。娼妓の手練手管も分からずに、のぼせ上がる男のほうが悪い。御一新前なら、ああいう奴は野暮天だの浅葱裏《あさぎうら》だのと馬鹿にされたものだ』と教えてくれました」

「野暮天はともかく、浅葱裏とは古い言葉を。利壱どんの親父様とて、御一新後になってからのお生まれでしょうに」

フフ、と笑い、松乃枝はくるりと利壱を振り返った。

「わざと速度を緩めんしたね？　もしや、しばらくの間、わっちをひとりにしてやろうと、そねえなことをお考えでござんすか？」

「それは松乃枝さんの気のせいですよ。実は、手首を痛めてしまったようでして。先程の会所破りを捕まえようとした時に、うっかり捻ったようです」

もちろん、これは利壱の嘘だ。しかし松乃枝は「然様でござんすか」とうなずくと、特に心配する様子も見せず、また前を向いた。利壱の嘘に乗ってくれたのだ。

花艇は近いようで、まだ遠い。猪牙舟は隅田川の波間を漂うように、ゆっくりと進んでいく。

松乃枝の櫛目の通った結髪が、ほんの少しだけ風に乱れた。それを指先で整えると、松乃枝は、ふう……と小さく溜息を洩らし、「これからが面倒でござんすよ」と小さな声でつぶやいた。

「大迫社長に、どのように申し開きをすればいいのやら」

「番人船の時と同じように、『すべて篠治郎さんの勘違いだった』と、正直にお話しするしかないでしょうねえ」

相手は政財界に顔の利く大迫社長だ。普段は柔和で羽振りのいい初老の男だが、そういった男こそ、怒らせた時は心底怖い。普段は怒りなど見せない分、どのような仕打ちを受けるか分からず、下手をすれば松乃枝や赫鯨楼のみならず、吉原遊郭全体が傾くことになるかもしれない。

「利壱どんは、わっちの言うことを信じてくださるので？」

「ええ、もちろん」

「では、もう少しだけ本当のことをお話し進ぜんしょう」

「それでは」

利壱は櫂を漕ぐ完全に手を止め、一号艇の娼妓見習いにも見えるよう、自分の手首をいたわるような素振りを大げさにしてみせた。

松乃枝は「利壱どんは芝居がお上手で」と言い、こちらも疑われることのないよう、あえて利壱と反対の方向に首を向けた。

「……わっちは、今日の今日まで、篠治郎様のことなど忘れてござんした。それが、赫鯨楼にやってきた番人の話を聞いた時、ふと思い出しちまったのでござんす。……あの時……便所の前で話をした時、わっちは珍しく酒に酔っていたのだと」

そうつぶやく松乃枝の声は、ともすれば風にかき消される程細く、頼りなかった。

「篠治郎様とは、本当にどうでもいいことばかり話してござんした。だからこそ、この方はまことに初心な御仁だと思いんした。まるで子供のように語る姿が愛おしく見えて、お酒の勢いもあって、つい、あねえなことを……」

「つい、ですか」

フフ、と、小さな笑い声が聞こえたような気がした。

おそらく松乃枝は、篠治郎の言ったとおり、本当に「添い遂げることができたら」という旨の発言をしてしまったのだろう。

狭い花艇の中に暮らす女にとって、隅田川の外の話が楽しいと思えるのは、娼妓も娼妓見習いも同じだ。まして、相手は花代の介在しない異性となれば、そんなふうに思ってしまっても致し方ないことなのかもしれない。

利壱は、心を落ち着かせるように湿った空気を飲み込んだ。そして。「つい、『初心な御仁だ』と言ってしまったのですね」と、わざとらしく念を押すように言った。

「しかしながら、松乃枝さんは、一時でも篠治郎さんに楽しい夢を見せてあげた。相手は、花代どころか、無駄遣いをして渡し賃も払えなくなってしまうような学生ですが、腐っても上顧客の甥御。これ以上のもてなしはなかったのではないかと思いますよ」

「利壱どんは、そねえなふうに思ってくださんすか」

「ええ。だから……いいじゃないですか、松乃枝さんが『何か』を夢見たとしても。その夢を、花代の代わりにもらったとしても」

ピクリ、と松乃枝の肩先が揺れたのを、利壱は見逃さなかった。

利壱は知っているのだ。娼妓の手練手管を理解できない男がいるように、男の甘い言葉に溺れてしまう娼妓だっていることを。それは吉原の禁忌でありながら、けれど珍しいことではないのだと。

「ああもう、これだから、吉原生まれの吉原育ちにはかなわねえんでござんすよ」

「さて、何のことだか、俺にはよく分かりません」

松乃枝の苦笑を、利壱はさらりと躱す。

そう、今回のことは、禁忌と呼ぶには相応しくない、本当に些細な出来事。

松乃枝は、ただ憧れただけ。普通の娘のように暮らし、普通の男と情を交わす夢を見てしまっただけ。けして、篠治郎に心を焦がし、深みに溺れていたわけではない。

利壱は、櫂を持つ手に力を入れた。

「さあ、そろそろ赫鯨楼に着きますよ」

その瞬間、頬にぽつりと雨粒が当たった。

とうとう本格的に降りだした。これは冗談ではなく、本当に急がねばならない。

利壱はあらかじめ猪牙舟に積んでいた傘を松乃枝に渡すと、力の限り櫂を漕いだ。

娼妓見習いたちが、きゃあきゃあと悲鳴を上げながら部屋に戻っていく。松乃枝は、

「わっちが説教するまでもなく、バチが当たっちまったようでござんすねえ」と笑う。

利壱は猪牙舟を花艇に寄せると、係留柱に縄を括り付けた。

松乃枝は傘を差したままだ。利壱は足許が滑らないかを確認し、松乃枝の手を取ってゆっくりと移動させる。

「ありがとうござんす、利壱どん。それと、申し訳ござんせんが、明日また赫鯨楼に来てくんなまし。会所の皆さんに、この度のお詫びの品をご用意いたしたいと思いんす」

「はい、分かりました」

利壱はうなずいた。幼い娼妓見習いが、松乃枝に傘を持ってくる。松乃枝はそれを受け取ると、利壱に傘を返した。

松乃枝の指に、雨雫がぽたりと落ちる。

雨雫は垂れることなく松乃枝の指に留まり、丸い鉱物のような形を作った。

「あ……」

まるで指輪の石のようだと、利壱は思った。

それは松乃枝も同じだったようで、その雨雫を身じろぎもせず見入っていたが、不意に、何も知らない娼妓見習いが、懐から出した懐紙でぬぐい取ってしまった。

「姐さま、お手々が綺麗になりんしたよ」

褒めてくれと言わんばかりに胸を張る娼妓見習いに、松乃枝は笑みをこぼす。そして、「よう気が付きんしたねえ。流石は赫鯨楼の娼妓見習いにござんす。お客にも、こねえな気遣いをするのでござんすよ」と声を掛ける。

これもまた、娼妓の手練手管だ。こんな些細なことさえも、娼妓にとってはお客の心をつなぎとめるための大切な技なのだ。

利壱は猪牙舟に戻ろうとした。が、ふと松乃枝を振り返った。

「あの指輪、折角だからもらっといてもよかったんじゃないんですか？」

どこか冗談めかした利壱の言葉に、フフ、と松乃枝が笑う。

「馬鹿にしないでくんなまし。わっちは天下の大見世、赫鯨楼の松乃枝でござんすよ。お客でもない御仁から高価な物をせしめるような、そねえな外道なことなどできんせん」

傘の下の松乃枝に、陰りは見えなかった。

その顔には淡い夢のことなど吹っ切れたような、そんな強さがあった。

第三話　想いは水曲《みわた》に

第二吉原にある四郎兵衛会所の雑魚寝部屋で、利壱は誰かに蹴飛ばされて目を覚ました。

ぼんやりと上体を起こし、隣を見る。眠る朋輩の足の裏が、容赦なくこちらに向いていた。ああしまった、と利壱はひとりつぶやく。利壱は雑魚寝の場所取りに失敗していた。隣で寝ていたのは、寝相の悪さで有名な朋輩だった。

窓の向こうを見ると、夜が白々と明けていた。

起床するにはまだ早い。利壱は二度寝を決め込み、もういちど横になる。……が、眠れない。目がさえてしまったというよりは、隣の朋輩の寝相が気になって、安心して目をつぶることができないのだ。

身を起こし、移動できる場所を探すが、狭い部屋は大の字で寝転がる朋輩ばかりで、利壱が潜り込めそうな隙間など見当たらない。

二度寝をあきらめた利壱は、ぼんやりとした足取りで外に出た。どうせ朝餉までには時間があることだし、久しぶりに散歩にでも出掛けてみようと思ったのだ。

擦り切れた雪駄を足に引っ掛け、お歯黒どぶ沿いを九郎助稲荷の方角へ足を向ける。

今にも傾きそうな切見世の入り口には、火の消えかけた提灯がぶら下がっていた。しかし、お客の姿はない。お客がのんびりと一晩を楽しむことができる隅田川上の見世と違い、切見世は昔から時間制となっている。昔は花代と引き換えに線香一本が渡され、『これが消えるまでがお客が楽しめる時間』と決められていた程で、長居をすればする程、お客は追加の花代で懐が寒くなってしまうのだ。

既に暖簾を下げてしまっている見世もある。まあ切見世らしいな、と思いながら歩いていると、偶然にも真木楼から出てきた瑯月と鉢合わせした。

「おはよう、瑯月先生」

利壱が挨拶をすると、「よせよ、先生なんて」と、瑯月は苦笑いを浮かべる。

「だって、いまさら『啓ちゃん』なんて呼べないよ。長春楼の於豊さんに怒られちまう」

「さてはお前、あの業突く張りの婆から、そうとうな小遣いをもらったな？」

利壱は笑ったが、あながち間違ってはいない。

商売に関して剛腕を発揮する於豊は、こういったことでは金を惜しまない。後に役立つと判断すれば、たとえ大金であろうと、それを投資として考えられる人物なのだ。――とはいえ、利壱がもらったのは、そこまで大金と呼べる金額ではないのだが。

瑯月の噂は、既に吉原中に広まっていた。「長春楼は、役者跣の二枚目絵師をお抱えに、何やら新しいことを企んでいる」「その絵師というのが、第二吉原の啓次郎らしい」と。

それと同時に、よくない噂も流れていた。

利壱がそれを知ったのは、赫鯨楼に客を送り届けた三日前のこと。

客から渡し賃を受け取り、渡舟場に戻ろうと櫂を握ると、松乃枝づきの娼妓見習いが利壱を呼び止めた。なんでも、松乃枝が利壱と話がしたいと、部屋で待っているのだという。

怪訝に思いながら舟を停め、部屋に行くと、松乃枝は利壱の顔を見るなり、「忙しいので手短に申し上げげんす。真木楼の啓次郎どん……ではなく、三浦瑯月先生のことでござんすが」と切り出した。

「なんでも、近頃吉原に戻ってきて、今は絵師として長春楼に出入りしていると伺ってござんす。大変な二枚目で、利壱どんの猪牙舟に乗っているところを見掛けたと、うちの娼妓たちも浮足立ってござんした。師匠のもとを出て、あの若さで独り立ちとは立派なことでござんすが……なれど、気をつけなんし」

松乃枝は声を潜めた。「目立つ容姿の御仁は、何かにつけて色恋の噂を立てられるものでござんす。噂の厄介なところは、それが真実として語られることで。その噂の相手が吉原の娼妓ともなれば、卿月先生どころか利壱どんにも悪い影響が出てくるやも……」

長春楼と三浦卿月の仲立ちをしたのは利壱であると、まことしやかな噂が松乃枝の耳にも入ってきていた。

まったくの嘘ではないとはいえ、利壱がこの件に関わったのはただの成り行きである。仲立ちとはあまりにも大袈裟だと利壱は思ったが、しかし噂というのは、えてしてこういう形で広がっていくものだ。妬み、嫉み、僻み、そして、そこから生まれる心ない中傷。松乃枝は、そういったものに利壱がさらされるのではないかと、本気で心配してくれているのだ。

「大丈夫ですよ。卿月先生も吉原で育った人間ですし、その辺のことは、きちんと弁えていますから」

利壱は言ったが、松乃枝は「いいえ、そうじゃござんせん」と首を横に振る。

「わっちは、そねえなことを申しているのではござんせん。実を申しますと、既に吉原雀たちの口から、まことしやかな噂話が漏れ聞こえてきているのでござんす」

「どういうことですか？」

「瑯月先生には意中の娘がいて、しかも、それは長春楼の娼妓見習いだと……」

まさか、と利壱は一笑に付す。あの瑯月が——つまりは、真木楼の啓次郎が、そんな愚かな感情を胸に抱くはずがない。

けれど松乃枝は、「だからこそ気をつけなんし」と注意を促す。

「火のない所にでも強引に煙を立たせるのが、吉原雀の遣り口というものにござんす。とはいえ、人の噂も七十五日というように、本当にただの噂話であるのなら、吉原雀もすぐに飽いてしまうことでござんしょう。問題は、その噂話が真実だった場合で……」

ありえない。

利壱は思ったが、しかし、頭から否定できる話でもない。

吉原遊郭というしがらみの中にいるとはいえ、所詮はひとりの男と女。間違いなど絶対にないと言いきれないのだ。

そんなもやもやした感情を抱えたまま出くわした瑯月は、以前と——ただの啓次郎と名乗っていた頃と変わらぬ表情を利壱に向けた。

「昨夜は早仕舞いだったのかい？」

言いながら、瑯月は見世の暖簾を下げた。どうやら、真木楼のお客も捌けてしまったらしい。

「ちょっと眠れなくてさ。そっちこそ、これから朝寝かい？」

「いつもならそうするところだが、生憎と今日はそんな気分じゃないな。そうだ、折角だから、久しぶりに俺も散歩をしてみるか」

卿月は、張り見世を片していた娼妓に「出かけてくる」と声を掛けると、利壱と一緒に歩き始めた。

どこからともなく暁烏《あけどり》の声が聞こえた。

卿月は歩きながら、ぐっと腕を上に突き上げて大きく伸びをする。利壱も、それに倣う。朝の空気は凜として清々しく、色街の毒気を洗い流してくれているようだった。

「ところで卿月先生、長春楼の仕事は順調かい？」

「ああ、お陰様で順調だよ。もう少しで終わりだ。……というか、そろそろ先生呼びはやめてくれないか？　利壱にそう呼ばれると、どうもむず痒くていけないね」

「そうか。じゃあ『卿月』と呼び捨てにさせてもらおうか」

「あはは、年下のお前が俺を呼び捨てか。まあそれも悪くないさ、そうしておくれ」

利壱は冗談のつもりで言ったのだが、思いのほか卿月は気に入ったようで、そのまま楽しそうに仕事の話を語り始めた。構図のこと。技法のこと。今回は広告絵ということで、昨今の印刷技術に映える画法で描いているのだという。それは師匠のもとで学んだものとは違うが、卿月の性分には合っていたようで、自分で試行錯誤した技法や構図を活かせるのが嬉しくてしかたないらしい。

「それで、長春楼の仕事が終わったら、いよいよ自分の絵に専念するのかい？　兄弟子さんたちは、美術展に向けて描いているんだろう？」

ところが瑯月は、「美術展には出展しないよ」という。

「次も広告絵の仕事だ。長春楼のお客が紹介してくれた」

利壱は驚いた。「いいのかい？」と聞くと、瑯月は「ああ」とうなずく。

「もう高尚に構えて描くことはやめたんだ」

「それじゃあ、広告絵専門の絵師になるつもりかい？」

「いや、そうじゃない。描きたいと思う物ができたら仕事とは別に描く。もし、それが美術展に出していいと思える出来だったら出品してみる。——初めて仕事を請け負ってみて、ようやく気付いたんだ。美術展のために絵を描くとか、名誉のために描くとか、そういうのは俺に向いてなかったんだよ」

「へえ、心境の変化って奴かい。以前は、絵で食っていくのは違う気がするって、そう言ってたのに」

「ああ、そうだな。完全に考えが変わった。絵は自分が食うために描くもんじゃないって思ってたけど、そうじゃないって気が付いた。俺の絵を見て、喜んでくれる人がいるんだ。その喜びの中で自分が食っていけるのだとしたら、これ以上に幸せなことはない。だから俺は、大勢の人に見てもらえる広告絵の仕事を、また引き受けようと思ったんだ」

照れ笑いをしながらも、堂々と答える瑯月の顔に迷いはなく、以前とは違うどこか吹っ切れたような印象を受けた。——けれど、利壱には引っ掛かるものがあった。

ふと、松乃枝の言葉が頭を過る。

そして込み上げる、もっとも恐れるべき類の不安。

「何だか不思議な話だね。お師匠の錦繡先生の所では、そんな境地には至らなかったんだろう？」

「ああ。実は、兄さんたちの足の引っ張り合いが酷くてね。まあ、美術学校を優秀な成績で出た人もそれなりにいたから、末弟子で遊郭育ちの俺なんか、『下手糞』だの『お前に才能はない』だの『下賤の生まれのくせに』だのと、寄ってたかって散々なことばかり言われてたよ。俺の絵を褒めてくれる人も、喜んでくれる人もいなかった」

「そうか、そりゃ酷い目に遭ったね。そんな連中の後に、純粋に絵を喜んでくれる人に出会ったなら、気持ちが変わっちまうのも当たり前だ。……ところで、そんな瑯月を心変わりさせた相手って、一体誰なんだい？」

一瞬、瑯月の顔が強張ったのを、利壱は見逃さなかった。

松乃枝が言っていた通り、吉原雀の口の端からこぼれた噂は、ただの噂話ではなかった。

瑯月は答えない。長春楼には数人の娼妓見習いがいるが、それでも、利壱には大方の察しはついていた。

相手は、瑯月が広告絵を描くようになってから知り合った人間。瑯月の絵を間近で見ることのできる人間。その絵を素直に褒め、喜ぶことのできる人間。そして――卿月が、その名を明かすことのできない人間。

「……駄目だよ、啓ちゃん」

あえて、利壱はそう呼んだ。

絵師の『三浦卿月』ではなく、吉原で生まれて吉原で育った『真木楼の啓次郎』なら、きっと、その意味を理解してくれると思ったのだ。

「何のことだい？」

「とぼけたって無駄だよ。……いや、そうやって嘘をつき通せるんなら、別にそれでもいいんだ。誰にも気付かれないんなら、その気持ちを大事に持っててもいいと思う。でも、それが無理だとしたら……誰かに知られてしまいそうだとしたら、駄目だよ。どちらかが吉原から出ていかなきゃ、お互い不幸になる」

どこで誰が聞いているか分からない。だから利壱は、あえて相手の名前を出さなかった。それを分かっている卿月は、口元を歪めて、無言で歯を食いしばった。

卿月が思い悩んでいることは、利壱にも理解できた。

利壱は「どちらかが」と言ったが、向こうは身請けされるしか吉原を出る方法はなく、実際に出ていくのは卿月のほうになる。そうなれば、母親である真木楼の小菊にも迷惑が及ぶことは間違いないだろう。

「吉原の男が娼妓に手を出すのは、御法度中の御法度だよ。たとえ、啓ちゃんが『啓次郎どん』から『三浦瑯月先生』に名前を変えたって同じことさ。いや、それどころか、向こうはまだ娼妓見習いじゃないか。普通のお客だって手を出しちゃいけない存在だよ」

「そんなこと、俺だって分かってるよ。手を出すつもりなんてない。でも……」

ぎゅっと両手を握りしめ、瑯月は俯いた。

「あんなに真正面から俺の絵を褒めてくれたのは、あの娘が初めてだったんだ。誰かと比較したりとか、幾らなら払ってもいいとか、そういうこと一切関係なく、俺の絵が好きだと言ってくれた。だから、俺は……」

「だったら、尚更あきらめてやらなきゃ駄目だ。あの娘は根っからの初心で、もうすぐ十八だってのに手練手管のイロハも分かっちゃいない。あの性格じゃあ、娼妓になったって苦労することは目に見えている。ここが私娼窟なら、とっくに野垂れ死んでるところさ。そのくらいのこと、啓ちゃんだって気付いてるだろう?」

ああ、と、瑯月はうめくような声で返事をした。

吉原の娼妓と私娼窟の売女の違いは、国が定めた法に守られているか否かということだけ。法律を盾にできる分、娼妓のほうがマシだといえるが、当人たちにとってはどちらも苦界だ。

そんな生き地獄だからこそ、娼妓には手練手管が必要となる。それは、客をつかむ手段であると同時に、男を手玉に取ってやるという強い矜持にもつながる。むしろ、それがなければ、娼妓なんて過酷な仕事は務まらない。今のツバキには、それがまったく足りていない。

九郎助稲荷の鳥居が見えた。瑯月は足を止め、その先にある遠い何かでも見つめるように、ゆっくりと視線を上に向けた。

「……別に、自分の物にしたいなんて、そんなことは考えてないんだ。ただ、あの娘に、俺の絵を見てほしいだけなんだ」

その声は深く、どこか湿り気を帯びていた。

「だから、大勢の人が見ることのできる広告絵の仕事をしようと思ったのかい？」

利壱の問いに、瑯月は答えなかった。けれど利壱は、それが答えなのだろうと思った。

そのまま無言で、九郎助稲荷の鳥居をくぐる。

静寂の中、瑯月が大きな柏手《かしわで》を打った。続けて、利壱も柏手を打つ。

祈りは短かった。瑯月は合わせた両手を下ろすと、「……俺、吉原を出るよ」と、つぶやくように利壱に言った。

「長春楼の仕事が片付いたら、吉原を出る。どのみち、次の仕事は吉原の外の仕事だし」

「そうかい」

利壱はうなずいた。

もしかしたら酷いことを言ったかもしれない。けれどこれは、ふたりのことを考えたからこその忠告だ。そして、利壱にしか言えない言葉なのだ。

利壱は、改めて九郎助稲荷の祠堂を見上げると、深々と頭を下げた。

そこには、本気の祈りがあった。瑯月とツバキの行く末を思う、利壱の切なる祈りだった。

その日の空は、薄っすらと白濁味を帯びていた。

晴れているのに仄寒い。こういう日の吉原は、日が暮れると一段と活気を増す。無意識のうちに人のぬくもりが恋しくなるからだ。

利壱は、いつものように猪牙舟を漕いでいた。

時刻は正午前。乗せているのは、小柴《こしば》という詰め番の警官だ。好々爺《こうこうや》然とした古参の警官で、利壱も子供の頃から何かと世話になっている。

「まさか、利壱坊の猪牙舟に乗る日が来るようになるとはなあ」

目尻のしわを更に深くしながら、小柴は言った。「洟を垂らしながら揚屋町を走り回っていたのが、昨日のことのように思い出されるよ」

「ずいぶん昔のことです。恥ずかしいからやめてくださいよ」

利壱は苦笑いを浮かべた。

両親を亡くし、共に大火から逃げた竹三郎も亡くした利壱は、避難場所である浅草の小学校から孤児院に入れられた。収容された孤児院は、お世辞にも快適な場所とは言い難く、利壱の心はますます孤独感を増していった。

そんな時、利壱に面会に来てくれたのが小柴だった。

それから小柴は、なにかにつけて利壱に会いに来てくれた。心もとない孤児院の生活の中で、小柴の面会だけが利壱の心和ませる瞬間だった。だから利壱は、今でも小柴に頭が上がらないのだ。

「いつもは清々しい隅田川の水も、今日は何となく底冷えを感じるなあ」

他愛ない小柴の言葉に、「そうですね」と利壱はうなずく。

小柴の手には、大きな封筒が握られていた。封筒の中に入っているのは警察の書類で、新しく吉原に来た娼妓見習いの登録をするために、山中楼という中見世に向かっている途中なのだ。

「それで、新しい娼妓見習いというのはどんな子なんです？」

「歳は九つだそうだよ」

どこか浮かない表情で、小柴は言った。「はやり病で両親と死に別れ、身寄りも遠い者しかおらず、どの身寄りも、とてもよその子まで養えないという理由で、山中楼に売られたのだそうだ」

「今の時代に『売った』なんて言っちゃ駄目ですよ。その子は『年季の定められてない奉公に上がった』んです。そうでしょう？」

「ああ、そうだった、そうだった」

小柴は「負うた子に教えられるとは、まさにこのことだなあ」と頭を掻く。

しかし、小柴の言っていることも間違いではない。かつての吉原は、二十八の年季が明ける歳になるまで娼妓をやめることを許されなかった。例外として許されたのは、誰かに身請けをしてもらった時。ただし、これには多額の費用が掛かる。だから、そうとうの上客を捉まえないことには、身請けなんて夢のまた夢とされてきた。

今は、御一新後にできた娼妓解放令のお陰で、いつでも好きな時に娼妓をやめたいと申し出るのが許されている。ところが実際は、若いうちに娼妓を廃業する者なんていない。なぜなら、やめたところで行くあてもなく、また、幼いうちに吉原という特殊な街に来たために、どうやって金を稼いでいいのか分からない者がほとんどだからだ。

もちろん、見世の楼主が「今更、吉原の外では生きていけないよ」と暗示を掛けている部分も大いにある。幼いうちにこういった刷り込みをされれば、娼妓解放令なんて、あってないのも同然。だから小柴は御一新前と同じ「売られた」という言葉を使ったのだと利壱は思っている。

「利壱は、『女紅場《じょこうば》』というのがあるのを聞いたことがあるかね？」

小柴の問いに、利壱は「ええ、まあ、聞きかじりですが」と小さくうなずいた。

「京の島原には、そういった物があるというのを聞いたことがあります。一流のお師匠衆を集めて、遊郭の娼妓や芸者に唄や踊りなどの芸事を極めさせる学校のような場所ですよね。吉原は見世ごとに芸事を教えますから、そういった物はありませんが」

「それでは、九州などの遊郭にある女紅場は？」

「え？　そんなのあるんですか？」

「うむ。あるにはある。しかし、島原の奴とは一風違っておってな」

言いながら、小柴は手の中に封筒を握りなおした。

小柴の呼気に、水面の跳ねる小魚の水音が呼応するように重なる。

「……利壱も知っていると思うが、遊郭に娼妓見習いとしてやってくる子供は、十人中十人が貧乏人の子だ。当然、満足な教育など受けていない子供のほうが多い。そういう子供たちを女紅場に集めて、最低限の読み書きや算術、それに裁縫や料理なんてのを教えるのだそうだ。娼妓をやめても、どうにか生きていけるようになあ」

しかし、吉原の娼妓見習いには、そういった物を学ぶ場所は与えられない。水上遊郭となり、娼妓単独での移動が不可能になってからは尚更だ。だから娼妓たちは、年増になると見世の遣手婆となって若い娼妓の差配をしたり、第二吉原の切見世に落ちて娼妓を続けたりして、どうにか吉原の中に残ろうとするのだ。

しかし、遣手婆にもなれず、切見世にも拾ってもらえなかった娼妓は、吉原を出ていくしかない。吉原しか知らない元娼妓が、吉原の外でどう生きていくのかを……利壱は、知らない。

きっと小柴は、警官という立場上、そういった元娼妓の末路を知っているのだろう。けれど、それについては教えてくれない。いや、小柴だけでなく、吉原に詰める警官の誰もが、元娼妓について語ろうとしない。まるで、それを口にすることが罪であるかのように。

小柴が浮かない表情をしているのは、きっと山中楼にやってきた子供の未来を案じているからなのだろう。御一新前の昔より、吉原は苦界。絢爛豪華な佇まいと、そこに渦巻く暗い感情は、いつの世だって背中合わせなのだ。

「いつか、吉原にも女紅場のような場所ができればいいですね」

「ああ、そうだな。まったく、法律ができようが、水の上に逃げようが、吉原は昔から何も変わっておらぬのだからなぁ」

小柴の言葉を背に、利壱は無言でうなずきながら櫂を漕いだ。

猪牙舟の舳先が水面を切る。

今日の山中楼の船団は、吾妻橋を少し下った所に位置している。どの花艇も、その日の天候やお客の流れによって場所を変えており、四郎兵衛会所の番人は常にその位置を把握しておかなければならない。

わずか三隻程の小見世、高井楼の船団を過ぎると、その先に長春楼の花艇が見えた。目指す山中楼の船団は、その向こう側にあるのだが……ふと利壱は違和感を覚えた。

長春楼の三号艇の窓が開いていた。

いや、窓が開いていること自体は別段何もおかしいことはない。問題は、その窓から漏れ聞こえる声だ。

それは、悦楽にあえぐ女の嬌声だった。

通常、吉原の娼妓は、お客との交合の際に声を出してはいけないことになっている。それは、娼妓はお客を楽しませるのが仕事であり、お客に楽しませてもらってはいけないとの考えからだ。これに関してはお客も心得たもので、娼妓が悦ぶ様子を見せなくても気にしないし、逆に娼妓が嬌声でも上げようものなら、「お客より楽しんだのだから花代を払わない」と言うこともできる。そのくらい容赦のない問題なのだ。

しかし今はまだ貸座敷の営業時間前。

おかしい。猪牙舟の利壱に聞こえているのだから、一号艇にいる於豊に聞こえないはずがないのに。

「すみません、長春楼に寄ってもいいですか？」

利壱の言葉に、小柴も「うむ」と険しい表情でうなずいた。

何もなければいい。ただの勘違いならいい。そう思いながら、利壱は櫂の方向を変えると、次の瞬間、三号艇の窓に十代半ばと思われる少女の横顔が見えた。

娼妓見習いのモミジだ。

「あ！」

利壱と小柴は同時に声を上げた。

嬌声の漏れ聞こえる部屋に、お客を取ってはいけない娼妓見習いがいる。もし、あの嬌声がモミジのものだとしたら、これは完全なる淫売罰則違反だ。見過ごしてはおけない。

利壱は大急ぎで櫂を漕いだ。

しかし。

「利壱、待て！」

不意に、小柴が利壱に停止を求めた。

何事かと小柴を振り返ると、「見てみろ」と小柴は両腕を組んだまま、長春楼の花艇のほうに顎をしゃくる。

見ると、長春楼の一号艇の窓が開き、そこから於豊が顔をのぞかせていた。

於豊は、明らかにこちらを見ていた。そして、おもむろに顎を上げると、ニッ……と口の端を尖らせるような笑みを浮かべ、そのまま障子を閉めてしまった。

利壱は困惑した。その於豊の笑みは、挑発的というよりは嬉戯《きぎ》にも似た悪ふざけのようで、まるでこちらの行動など見透かしていると言わんばかりの不敵な表情に見えた。

「やられた」

不意に小柴がつぶやいた。

「長春楼に行かなくていい」

「え？」

「ほら、あの娼妓見習いは何もしていない。ただ『見ている』だけだ」

利壱は三号艇に視線を向けた。

確かにモミジは何もしていなかった。きつく唇を結び、真正面を向いたまま微動だにしていない。振袖の乱れもないようだ。

では、あの嬌声は。

「ここからは見えないが、別の娼妓が床入れをしているんだろう」

「どういうことですか?」

「いや、だから、どういうことも何も……まあ、こちらの勝手な想像ではあるが、おそらく相手の客が、そういう嗜好の持ち主だということだ」

やれやれ、と小柴は頭を掻いた。

しかし、利壱には小柴の言葉の意味が分からない。素直に「俺には訳が分かりません」と言うと、小柴は困ったような表情を浮かべ、「世の中には、信じられないような性癖の人間が存在するのだよ」と答えた。

「しかし、娼妓見習いが床入れに加わるのは、法的にも御法度なのでは」

「いや、だから、加わってはいない。あくまでも『見ている』だけだ。於豊のことだから、おそらく『娼妓のあしらいを学ぶために見させている』とか、そういった名目をつけて客の要望に応えたのだ。娼妓がみっともない嬌声を上げているのも、お客側の要望なのだろう。そうでなければ、あの於豊が黙っているはずがない」

「そんな馬鹿な」

呆れとも驚きともつかない気持ちで、利壱は言った。しかし、そういうことなら、於豊の見せた不敵な笑みも理解ができる。

とはいえ、吉原には吉原の流儀がある。お客は粋を気取り、娼妓は意地と張りを見せるのが当たり前の世界だったはずだ。

それなのに、何がどうしてこうなってしまったのか。

「時代というものだよ」

小柴は小さく溜息をついた。

「吉原大門より、隅田川の水の上のほうが、厄介な関所となってしまったのだよ」

かつての吉原には、吉原大門があった。お客を招き入れ、同時に娼妓の足抜けを堰き止めていた、吉原遊郭唯一の出入り口だ。

今は、その吉原大門の役割を隅田川の水流が担っている。いや、吉原大門以上に、その出入りは難しくなったかもしれない。加えて、『マリア・ルス号事件』を筆頭とする西洋の価値観が、この巨大な花街にも徐々に影響を及ぼし始めていた。

つまりは、法律によって娼妓の足枷となっていた物が変えられてしまったように、お客の遊びもまた、変化しつつあるのだ。

「今までとまったく同じようにしていたのでは、これからの貸座敷は生き残っていけないだろう」

「では、於豊さんは、その変化に対応するために、あえてお客の無粋を受け入れ、法の隙をついたのだと？」

「私はそう思っているがね。違法な私娼窟では遊びたくないお客と、それなりの花代を払うなら多少の無粋を受け入れてもいいという見世側の思惑が、うまい具合に合致した。

……実は、長春楼では、似たようなことが先日もあってね。こちらも対応に苦慮したが、法的に問題なしということで、結局、見逃すことにした」

「しかし、まだ営業時間前です」

「営業時間というのは、本来、各見世が自由に決めるものだ。於豊が『あのお客のために特別に見世を開けた』と言えば、特に問題はないのだよ」

「法的に問題なくても、吉原の流儀に反するのでは」

「ああ、まったくもって利壱の言う通りだ。しかし、もはやかつての吉原とは違うのだよ」

詮無いことだ、と小柴はつぶやく。利壱が知るより遥か昔の吉原を知っているからこそ、尚更に。

「まだ本格的に営業する時間帯の前だし、他の見世に迷惑を掛けている訳でもない。だから利壱、もう行こう」

小柴の言葉に、障子の向こうでほくそ笑む於豊のしたり顔が目に浮かんだ。

水面に降り注ぐ嬌声を櫂で混ぜるように、利壱はゆっくりと長春楼から離れていく。

「そういえば、三浦瑯月は元気かね？　先月まで長春楼の仕事を引き受けていたはずだが」

「今は実家の真木楼を出て、両国で曲馬団《きょくばだん》の広告絵を描いているそうですよ」

「両国の曲馬団というと……もしや、夕風環《ゆうかぜたまき》のいる朝日奈一座《あさひないちざ》かい？」

「ええ、そうです」

するとー小柴は、「そいつはすごい！」と膝をたたいた。

卿月が仕事をしている朝日奈一座は、奇術・軽業・馬術の曲芸などを物語風に演出してみせる国内屈指の曲馬団だ。その座長が女奇術師の夕風環で、奇術の腕や演出能力も然ることながら、人を惹きつけてやまない美貌の持ち主としても有名だった。

国内で成功を収めた朝日奈一座は、昨年には海を越えて米国《アメリカ》に渡り、一年にも及ぶ興業で好評を博した。一か月後に迫る両国公演は凱旋公演にあたり、卿月はその広告を頼まれたのだ。

「長春楼の顧客の中に朝日奈一座の後援者がいて、卿月は、その縁で依頼を受けたようです」

「ほう、それは運がいい。あれが絵師として一人前になれば、真木楼の小菊も一安心といったところだろう。……ところで、仕事ぶりはどうなのかね？　聞いたところによると、夕風環は気難しい女だという話だが……」

「それが、結構うまくやっているそうですよ。今は座員のように可愛がってもらっていると言っていました」

利壱が卿月に会ったのは、先週末のこと。たまたま真木楼に荷物を取りに帰った卿月と、ばったり吉原大門の所で出くわした。

卿月は生き生きとした表情をしていた。曲馬団の広告絵では、演者はもちろんのこと、馬に象に虎など、今までに描いたことのない物も描いているらしい。

「もともと瑯月は好奇心旺盛な人間ですし、夕風環も風変わりな演出を思いつく人間ですから双方とも馬が合ったようです。それに、夕風環には十一歳になる女童の弟子がいて、それが舞台上では奇術の助手を務めているそうなんですが、まるで吉原の娼妓と娼妓見習いのような関係に見えて、それもまた瑯月には馴染みのある心地いい景色のようでして……」

瑯月は夕風環の依頼を受け、この弟子の少女も広告の中に描いた。この時、瑯月は弟子を、けして子供扱いしなかった。

吉原でもそうであるように、ひとつの道に入れば大人も子供もない。芸は半人前でも、気構えは一人前が当たり前。夕風環は、そういう瑯月の考え方も気に入ったのだ。

「そういえば、明日の新聞に長春楼の広告が載るそうですよ。といっても、三文新聞ですが。やはり、一般の新聞に貸座敷の広告は載せられなかったそうで」

「なるほど、あの剛腕の於豊でさえも、どうにもできないことがあったか」

小柴は声を上げて笑った。

猪牙舟は長春楼の船団の脇を抜け、一路、山中楼へ向かう。

どこからともなく、女たちの笑い声が聞こえる。

それは、いつもと変わらぬ隅田川の――吉原水上遊郭の光景。

「ああ、のんきだねえ……」

小柴が小さくつぶやいた。

――ふと、利壱の脳裏を、先程のモミジの横顔が過った。

もし、あれがツバキであったら、瑯月は一体どのように思うだろうか。娼妓見習いとしての仕事ぶりを褒めるだろうか。それとも、惚れた女を哀れに思うだろうか。

——いや、こんなことを考えるべきではないのだ。既にふたりの道は分かたれ、それぞれの人生を歩いているのだから。

利壱は前を向いた。

そして、煌びやかな花艇に向かい、黙々と櫂を漕いだ。

翌日、利壱は、番人船の船室で目を覚ました。

ぼんやりとした頭に、朋輩たちのいびきが響く。

番人船の船室だろうが四郎兵衛会所の雑魚寝部屋だろうが、環境はどこも同じだ。朝夕問わず猪牙舟を漕ぐ番人にとって、睡眠を貪ることができる場所ならば、うるさいとか汚いとかは関係ないのだ。

昨夜の吉原は、たいそうな賑わいを見せた。

昔から仄寒い日程お客が増えるのがお決まりだったが、この日は予想を上回る程の盛況ぶりで、息をつく暇もない程働いた利壱たちは、第二吉原の四郎兵衛会所に戻ることもなく、そのまま番人船の船室で眠りについてしまったのだ。

ふと、隣の執務室から、誰かのしゃべる声が聞こえた。

腕やふくらはぎに乗る誰かの手足を払いのけ、利壱は眠る朋輩を踏みつけないようにして船室を出る。

「おはようございます」

利壱が執務室に入ると、数人の朋輩と詰め番の若い警官が、机に向かって何やら熱心に見ていた。

「お、いいところに来たな、利壱」

「何ですか？」

「長春楼の広告、お前も見たいだろ？　朝一番で、辻売りの新聞屋から買ってきたんだ」

「え、本当ですか？」

利壱は慌てて机に駆け寄った。

「これは……」

「ああ、すげえなあ」

朋輩の言葉に、利壱は息を呑みながらうなずいた。

執務室の机の上に広げられた新聞には、一面いっぱいに『貸座敷・長春楼』の広告が打ち出されていた。

紙面中央に人気の娼妓が三人。ひとりは三味線を、ひとりは琴を奏で、そして、もうひとりは扇子を手に舞っている。背景には隅田川。その水面にたゆたう花々は、行き交う花艇に見立てたのか、それとも女の花を散らすという隠語になぞらえたのか。

「あいつ、本当に三浦錦繍の下で修業してたんだなあ……」

荒い白黒印刷の線でも、そこに確かな筆致があることは容易に見て取れた。

艶やかで、なめらかで、それでいて力強くて。それは、美人画などという単純な言葉では言い表せない、特別な何かが宿っているようにも見えた。

番人の中に芸術を嗜む者など誰ひとりとしていなかったが、それでも瑯月の絵は見事としか言いようがなかった。

きっとそれは、初めて『三浦瑯月』の名前を見た市井の人々にとっても同じだったのだろう。

その日以来、長春楼の船団付近には、多くの猪牙舟が集まるようになっていった。


「この広告に載っていた娼妓を頼みたいんだが」

一体どれくらい、その言葉を聞いただろうか。

利壱たち番人は渡舟場にて、まるで発条《ゼンマイ》仕掛けの人形のように「見世で聞かなきゃ、娼妓の空きは分かりません」と答えた。

もちろん、それは猪牙舟に乗せても大丈夫と判断したお客に対してだけだ。吉原で遊ぶに相応しくない人間に対しては、その場で乗船を断るか、第二吉原へ行くようにと勧める。中には激昂する人間もいないではないが、それをどうにかするのも番人の仕事で、利壱たち番人は、なかなか四郎兵衛会所に戻ることもままならない日々を過ごしていた。

番人に登楼が許されたお客は、そのまま長春楼へと送られる。しかし、送られたからといって、絶対に目当ての娼妓と遊べる訳ではない。もともと広告に載った娼妓は人気が高く、既に馴染み客の予約でいっぱいになっているからだ。

目当ての娼妓が空いているかどうかは、猪牙舟から花艇の舳先を見ればすぐに分かる。花艇に移ったことで張り見世と呼ばれた展示部屋のなくなった現在は、舳先に立ち、お客に選ばれるのを待つ仕組みになったのだ。

そこで目当ての娼妓を見つけられなかったお客は、別の娼妓を選ぶか、よその花艇に行くか、改めて出直すかの三択になる。

当然、見世側としては、お客をよそに取られたくない。だから、舳先の娼妓たちに唄や舞を披露させ、どうにか自分の見世につなぎとめようと躍起になるのだが――広告を出してからの長春楼は、ここからが少し違っていた。

長春楼の娼妓たちは、別の見世に行こうとするお客に、自分の姿絵と名前が印刷された紙を渡していたのだ。

これで「次にお越しの際は、わっちを買っておくんなまし」とでも言葉を添えれば、心を動かされないお客などいない。しかも、娼妓が渡した姿絵は、あの三浦瑯月が描いたものだ。これを目当てに、お客を乗せた多くの猪牙舟が、長春楼に大挙した。

誰にともなく、「長春楼の於豊は、中見世から大見世への昇格を狙っている」という噂が漏れ聞こえてきたのは、長春楼の賑わいに周囲のやっかみの声が出始めた頃のことだった。


その日、利壱は渡舟場から呉服商の男を猪牙舟に乗せた。

お客ではなく、長春楼から呼ばれ、着物を売りに行くのだそうだ。

「近頃の長春楼さんは、たいそう羽振りがいいようで」

別の猪牙舟には大きな行李と丁稚らしき小僧を乗せて、男は嬉しそうに利壱に言った。

「そのようですね」

利壱の返答に、上機嫌の呉服商は「広告絵ってのは、馬鹿にするもんじゃありませんねえ」と、尚もしゃべり続ける。

「長春楼さんの羽振りがよくなったのは、あの新聞に載った広告からだそうではないですか。しかも、その広告絵を描いたのは、まだ世に出ていない三浦錦繍の末弟子だとか。いやはや、すごい才覚の若者を見つけてきたもんだと、巷では評判になっておりますよ」

「楼主の於豊さんは、何かにつけて鼻が利く人なんです」

「ええ、そうでしょうねえ。そうでなければ、裸一貫の娼妓から中見世の楼主にまで上り詰められるわけがない」

まったくもってその通りだと利壱は思う。大見世で最上級娼妓を務めていた小菊でさえ、末は切見世の楼主どまりだ。あだおろそかな人物では、中見世の楼主などできっこないのだ。

その於豊が、今では大見世への昇格を目指していると噂されている。もちろん、ただの噂なので、実際はどうなのか分からないが、もし本当だとしたら、今度は一体どんなことを企んでいるのだろうか。

「そういえば、近く、秘蔵の娼妓見習いを水揚げする予定があるのだとか」

「え？」

水揚げとは、娼妓見習いに初めてお客を取らせることを意味する言葉だ。

つまり、長春楼の娼妓見習いのうちの誰かが、一人前の娼妓になる。

「もしかして、ツバキ、という娼妓見習いではありませんか？」

利壱の問いに、呉服商は「さあ、名前までは……」と愛想笑いを浮かべる。

「しかし、秘蔵出しは、今が一番いい時期でしょう。何といっても、世間から注目されているんですから。すぐに売れっ妓《こ》になるに違いない」

そうですね、と利壱は小さくうなずく。

胸の中で、ひとつの感情が淀んでいくのを感じた。

――憐れんではいけない、と利壱は思った。

ツバキが娼妓になるのは必然、そして、そのために瑯月が恋心を捨てたのも当然のことなのだ。

既にふたりの道は分かたれているのだ。だから、他人である自分がどうこう思ってはいけないのだ、と利壱は無心になるよう努めて、櫂を漕ぎ続けた。


利壱が瑯月を猪牙舟に乗せたのは、若葉萌える五月中旬の頃。瑯月を初めて長春楼に連れて行ってから、実に二か月後のことであった。

「久しぶりだな、利壱。長春楼まで頼むよ」

早朝、風呂敷包みを抱えた瑯月は、わざわざ四郎兵衛会所まで来て利壱を指名した。

「これから三日程長春楼に通うことになるから、その都度、利壱に猪牙舟を頼みたいんだ。もちろん、渡し賃は弾むから」

「……また、娼妓の絵を頼まれたのかい？」

「ああ。水揚げの決まった娼妓見習いがいるそうでね、仕事の追加だ」

そう言って笑う瑯月は、人気絵師らしく、絹の襟巻で襟元を飾った流行の洋装をしていた。

噂によると、あちらこちらの社交場から声が掛かり、夜な夜な顔を出しているのだという。瑯月曰く「断る理由がないから」とのことらしいが、本来の整った顔が更に色男ぶりを増したように見えたのは、おそらくそういった付き合いも背景にあるからなのだろう。

仕事も順風満帆で、とにかく忙しい日々を送っているようだ。

「朝日奈一座の広告、見たよ。連日大入り満員の大盛況らしいじゃないか」

「すべて夕風環の人気のおかげだよ。俺の絵のせいじゃない」

「ご謙遜だな」

「本当のことさ。俺、夕風環には頭が上がらないんだ」

瑯月は笑みを浮かべたが、その表情には、どこか影があった。

ふたりで衣紋坂を歩き、渡舟場から猪牙舟に乗る。

その日は櫂を押し返すような荒れもなく、猪牙舟は駆けるように水面を進んだ。

「暇かい？」

不意に、瑯月が聞いた。

「藪から棒になんだい。番人に向かって『暇』とは失礼だなあ」

「あ、いや、そういう意味じゃない。もし時間があるのなら、俺の仕事を見てみないかと、そう聞きたかったんだ」

「仕事って……絵を描いているところをかい？」

「そうだ」

　瑯月はうなずいた。

「本当を言うと、久しぶりの吉原で緊張をしているんだ。だから、ついてきてほしい。ほんの少しの時間でもいいから」

　一瞬、利壱はためらった。が、すぐに「いいよ」と返した。

　番人の仕事について、瑯月だって知らない訳ではない。しかし、いまだかつて自分の仕事に利壱を誘ったことはない瑯月がここまで言っているということは、余程の思いがあってのことだろう。それを無下に断れる程、利壱は薄情な人間ではないのだ。

　猪牙舟が、長春楼に着く。

　利壱が係留柱に縄をつないでいると、まだ幼い娼妓見習いが、パタパタと走り寄ってきた。

「瑯月先生、お久しぶりにござんす」

「ああ、カエデか。少し見ないうちに大きくなったようだなあ」

　少し見ないうちにと言っても、わずか数か月のことである。どれだけ成長期の子供でも、そこまで大きくなるわけがないのだが、それでもカエデは嬉しそうにうなずいた。

　カエデの案内で御内所に行くと、楼主の於豊が待ち構えていた。

　いつにない福々しい笑顔で「瑯月先生、ようこそ」と頭を下げると、「おやまあ、利壱どんまでどうしたことでござんす？」と、おまけのように利壱を見た。

「瑯月先生に誘われたんです。折角の機会ですから、絵師の仕事を見学させていただこうかと」

利壱の言葉に、於豊は「然様でござんすか」と、さもどうでもいいといった口調で答えた。

「さて瑯月先生、このたび描いていただきたいのは、新しい娼妓の姿絵にござんす。以前と同様、名刺代わりにお客に配りたいと考えてござんす。新しい娼妓は長春楼の秘蔵でござんすので、前回より時間を掛けてくだすって構いません。どうぞ華やかに描いてやってくんなまし」

「承知しました。……それで、その娼妓は？」

「あい、隣室にて用意を整えてござんすよ。これ、カエデ」

於豊は、御内所の隅に控えていたカエデを手招きした。

「瑯月先生を、ツバキの所にお連れしなさんし」

——一瞬、瑯月の表情が強張ったのを利壱は見逃さなかった。

しかし、それは本当に一瞬だけのことだった。瑯月はすぐに表情を戻すと、何食わぬ顔で御内所を後にした。

隣室まではあっという間だ。

御内所を出て三歩も歩かないうちに襖の前に立つと、カエデは大きな声を張り上げた。

「姐様、姐様、瑯月先生がお越しでござんすよ。開けてもよろしゅうござんすか？」

中から「あい」と小さな声が聞こえた。

カエデが襖を開ける。

中にいた女が、ゆっくりと顔を上げた。

それは、綺麗に大人の女の――娼妓の化粧を施したツバキだった。

ツバキは、名前と同じ赤い椿の打掛を羽織り、髪を大きな髷の束髪に結っていた。その髪には、鼈甲の簪を挿している。鼈甲独特のぬめりを帯びた艶が、乱れのない黒髪に映えていた。初々しさを隠す白粉も、ぽってりとした唇の丸みをなぞる赤い紅も、もはや娼妓見習いの装いではない。

「この度は、おめでとうございます」

瑯月が頭を下げると、ツバキは顔に狼狽の色を見せた。

「いえ、あの、わっちは水揚げはまだ……」

言い掛けて、ツバキはハッとした顔で俯いた。恥じらいが細い首筋を赤く染め、何とも言えない空気がその場を満たす。

ふと、利壱は、部屋の隅で茶の用意をしているカエデに声を掛けた。

「今回の瑯月先生の世話係は、カエデがするのかい？」

「あい」

「それなら、今日はもういいよ。カエデの代わりに俺がするから」

カエデは、きょとんとした表情で利壱を見返した。

「利壱どんが、わっちの仕事をするのでござんすか？　それはなにゆえにござんすか？」

「俺と瑯月先生は古い友人でね。久しぶりに会ったものだから、少し話がしたいんだ」

「それはなりんせん。瑯月先生には、姐様の姿を描くというお仕事がござんす」

　小さな見た目に似合わず、カエデは頑固だった。「少しだけでいいから」という利壱の懇願にも、ひたすら「なりんせん、なりんせん」と首を横に振り続ける。

　すると瑯月が、「私からも頼むよ」と、横から口を挟む。

「いい絵を描くには、いい環境が大切なんだ。久しぶりに会った友人と話をしながら、穏やかな心で絵筆を握りたい」

　カエデは口をへの字に曲げた。きっと子供心に逡巡しているのだろう。

「瑯月先生のお世話役は、わっちの仕事だと楼主に言われんした。言いつけを守らないと、わっちが楼主に叱られんす」

「では、後で私から楼主に伝えておこう。『カエデは気が利くよい子だ』と」

　カエデはようやく納得した。三人分のお茶を淹れると、「では、わっちは御内所に控えてござんすので、御用の際は、どうか声を掛けてくんなまし」と言って部屋を出ていった。

　襖が閉まってからも、瑯月とツバキはしばらく声を出すことができずにいた。

　ようやく利壱が「その打掛、よくお似合いですね」と言うと、ツバキはハッと我に返ったように「ありがとうござんす」と愛想笑いを浮かべた。

「先日、呉服商をこちらの見世に送り届けたのですが、その時に誂えになったんですか？」

「いいえ、それより前に、廣川様《ひろかわ》という長春楼を贔屓になさってるご隠居様に誂えていただいてござんした。この見世にお世話になってから、ずっとわっちのことを可愛がってくださる御仁でして……」

「それはよかったですね」

　利壱は言う。

　廣川と言えば、吉原でも名の通った上客のひとりだ。通常、娼妓になる際に作る着物は、見世側が用意するのが普通である。それを、わざわざ廣川が用意したということは、おそらく、廣川がツバキの水揚げの相手になるのだろう。

「源氏名は決まりましたか?」

「あい、『寿々花《すずか》』と申しんす。見習いの頃の名前からかけ離れてはいけないと、長寿を意味する『椿寿』をもじってつけていただきんした。この名前も、廣川様が考えてくださった物でござんして……」

　瑯月は小さく唇を噛んだ。そして、酷く落ち着き払った声で「とてもよい源氏名ですね」と言った。

　娼妓になる際に与えられる源氏名は、娼妓にとって大切な物だ。寿々花のように縁起を担いでつけられる名前もあれば、かつての『高尾』『吉野』『夕霧』などのように、その名に相応しい者だけが継ぐことを許される大名跡もある。名は体を表すの言葉の通り、娼妓はその名を背負ってお客を取るのだ。

慣習として、源氏名は楼主がつけるもの。しかし、その大役をお客の廣川が担ったということは、おそらく手つかずの寿々花に入れ込み、青田買いで大金を注ぎ込んでいるということだろう。

風呂敷包みを解き、瑯月は道具を広げた。

そしてツバキ——寿々花に、「どのような風に描きましょうか」と尋ねた。

「どのようなと申されても……わっちに絵のことは分かりりんせん」

「何でもいいんですよ。好きな物とか、得意な物とか、そういった物を仰っていただければ」

「……なれば、瑯月先生の思うままに描いていただきとうござんす」

「それでいいんですか？」

あい、と寿々花はうなずいた。

瑯月は眉根を寄せ、困惑の表情を見せた。——が、すぐに鉛筆を手に取ると、「下図を描きます」と言って、紙に黒い線を走らせた。

寿々花の絵を描いているというのに、瑯月は寿々花に思う図柄の居住まいを求めることはなかった。

ただ、見つめた。

ときおり筆を止めては、自然な格好で座っている寿々花を、その静謐な佇まいを、ただ見つめた。

同じように、寿々花も瑯月を見つめていた。

そこに会話はなく、ただ瑯月の握る鉛筆の音だけが響いていた。

だから利壱もしゃべらなかった。

残りわずかしかないふたりの会合を、けして邪魔してはならないと思ったのだ。


「絵を描くってのは、とんでもなく大変な仕事なんだねえ……」

すっかり陽も傾いた、長春楼からの帰り路。

ギィギィと波間に櫂の音を立てながら、利壱は言った。

「急にどうしたんだい？」

「どうしたも何も、しみじみそう思ったんだよ」

利壱は、下図というのがこんなに手間の掛かる物だと初めて知った。

玄人の、しかもあちこちから引っ張りだこの人気絵師なら、下図などさらさらと簡単に描けるものだと思っていたが、それは利壱の思い込みで、瑯月はこれでもかという程丁寧に、幾重にも線を重ねて構図を練っていた。

「寿々花さんが初めて真木楼に行った時は、あっという間に姿絵を描いてみせたじゃないか。だから、あんなふうに、すぐに仕上がるものだと思っていたよ」

「それとこれとは別物さ。なにせ、今回の絵は仕事として請け負ったものだから、丁寧にやらなきゃ嘘ってもんだよ。それに……これは、俺の一世一代の大仕事だと思ってる。だから、魂をかけて描かなきゃな」

「そうか」

「広告絵に魂をかけるなんて、馬鹿げてると思うかい？」

「いや、瑯月らしいと思うよ」

　ふふふ、と瑯月は笑った。

　頭上をカラスが飛んでいく。夕刻の太陽が水面を橙色に染め、じきに華やかな夜がやってくることを暗示している。

「……そういえば、礼を言わなきゃならないな。カエデを部屋の外に出してくれただろう？」

「本当は俺も外に出ようと思ってたんだけどね。於豊さんに見つかるとまずいと思って」

「あの人は、ああ見えてうるさいからなあ。カエデも利壱もいないと知れば、きっと大事になっちまう」

　言いながら、瑯月は腕に抱えた風呂敷包みに視線を落とした。

　風呂敷包みの結び目からは、丸めた和紙がはみ出していた。描きかけの下図だ。瑯月は下図を持ち帰り、今度は大下図という完成品に近い下絵に仕上げてくるつもりなのだという。

「これは徹夜仕事になるなあ」

どこか嬉しそうに、瑯月は言う。

じっくり時間を掛けて描けばいいのに、と利壱は思ったが、瑯月曰く、時間を掛ければよい絵になるというものでもないらしい。だから瑯月は、絵に集中して注力できるように、そして自分の気持ちが揺らがないうちに、できるだけ早く寿々花の姿絵を仕上げるつもりでいるのだ。

お客を乗せた朋輩の猪牙舟とすれ違う。

薄闇の向こうにいるお客のニヤけた横顔を見送った途端、舳先でビシャッと何かがはぜた。きっと、魚が尾で水面をたたいたのだろう。

利壱は、猪牙舟の舳先に取り付けたカンテラに火を灯した。吉原という場所に合わせ、提灯を模した赤い硝子張りのカンテラ。東京中探したって、こんな艶っぽい光はここにしかないだろう。

「明日も頼むよ」

瑯月が言った。

「もちろん、そのつもりだよ」

利壱が答えると、瑯月は不意に、「面倒事に巻き込んじまった詫びに、ひとつ、俺の秘密を教えてやるよ」と利壱を見つめた。

「三浦啓吉《けいきち》。俺の親父の名前だ」

「うん。……え？　それが秘密？」

「実は、親父にはもうひとつ名前があるんだよ。雅号を『三浦錦繍』っていうんだ」

「みうら……三浦錦繍って……えええ！」

驚く利壱に、瑯月は「あはは」と明朗な笑い声を上げた。

「ちょっと待ってくれよ。つまり、三浦錦繍って、ただの師匠じゃなかったってことかい？」

「ああそうだよ。俺は錦繍の隠し子。正しくは妾の子と言うべきなのかもしれないが……親父の本妻さんが、遊郭とか妾というものを酷く嫌っていてね。だから、お袋のことも、俺の存在も、公にはしていないんだ」

於豊さんはお袋と古い付き合いだから、薄々気付いていたようだがね、と瑯月は口の端を上げる。

「それじゃあ……」

「ああ、俺は三浦錦繍に弟子入りしたんじゃない。三浦錦繍の息子、つまり三浦家の跡取りとして、あの家に入ったんだ」

錦繍と正妻の間に、子供はいなかった。

そこでふたりは、優秀な弟子を養子に迎えることを考えた。しかし、公にしていないだけで、第二吉原には錦繍の血を引く息子がいる。侃々諤々の話し合いの末、ふたりは実子ということを隠し、瑯月を弟子入りという名目で三浦家に入れることにした。

「小菊さんも、それでいいって納得してくれたのかい?」

「俺より、むしろお袋のほうが乗り気だった。第二吉原出身の塗り物職人より、三浦家の跡取りとして生きていくほうが、俺のためにもいいだろうって」

幸いにも、瑯月には父親譲りの画才があった。加えて、人懐こい瑯月はあっという間に三浦家の環境に馴染んでいった。だから、あれだけ吉原を毛嫌いしていた本妻も徐々に気持ちを軟化させ、跡取りとすることを承諾した。

ところが、この解決しかけた跡取り問題に、ひとりだけ不満を持つ人間がいた。

「三浦の家の養子に決まりかけていた兄弟子が、俺の存在を快く思わなかったんだ」

かつて豪農として栄えていた三浦の家は、今でもかなりの資産家であった。錦繡の義息という肩書と、その資産が自分の物になると考えていた兄弟子は、瑯月に対して露骨に妬みの感情をぶつけた。

「それじゃあ、瑯月に散々なことを言ってきた兄弟子さんってのは……」

「ああ。しかも、ひとりやふたりじゃなかった。跡取りの道が絶たれた兄さんを気の毒に思った人たちが、あからさまに俺を罵ったんだ。でも、それを止めてくれる人は誰もいなかった。親父や義母でさえね」

兄弟子の気持ちを考えれば、それも致し方ないことだと誰もが思った。瑯月さえもそう思っていた。自分さえ我慢すればいいことなのだと。

しかし、事件が起きる。

ある日のこと、件の兄弟子が、瑯月がひそかに描いていた習作を模倣し、それを美術展に出展していることが判明したのだ。

その絵は入選から漏れ、兄弟子の模倣は内々のこととして済まされた。三浦一門の醜聞も広まらずに済んだが、それでも門徒が受けた衝撃は凄まじく、嘆く者、憤る者など、兄弟子を糾弾する声が大きかった。

しかし、中には兄弟子の行為を擁護する者もいた。兄弟子が「俺だって食っていかなきゃならないんだ」と言ったからだ。

「三浦家の跡取りという肩書をもらい損ねた兄さんは、新しい肩書を求めて絵画展に出展したんだ。入選すれば、それが肩書になるから」

「なるほど、それで師匠が認めた弟弟子の絵を真似たってわけか。それで落選したんだから、いい気味だね」

利壱は笑ったが、しかし瑯月は、利壱の言葉を同意することも否定することもしなかった。かわりに、ふう……とひとつ、大きな溜息をついた。

「絵ってのは難しいものでね、ただ筆を握って描くだけじゃ駄目なんだ。思いもなく単純に真似ただけの絵は、それだけ線の勢いを失ってしまう。まして、憎い相手が習作として描いた絵だ。悔しくてたまらないという感情が、兄さんの絵には滲み出ていたんだろう」

結局、兄弟子は三浦一門を破門となった。

そうなってしかたないことだ。これは当然のことだ。頭では分かっているのに、けれど門徒全員の胸には、別の思いが錯綜した。

「兄さんは、本当に才能のある絵師だったんだ」

たった一度の過ちで、兄弟子は筆を折ることになった。

では、その過ちの原因とは何だったのか。

誰がその原因を作ったのか。

「……それが、絵で食っていくのが嫌になった理由かい？」

利壱の問いに、瑯月は「そうだ」と大きくうなずいた。

「俺は三浦の家を出た。親父も義母も、何度も俺を連れ戻そうとした。でも、やめていった兄さんのことを考えれば、三浦の家に残ることはできなかった」

そして瑯月は真木楼に戻ってきた。

昔と同じように、小さな切見世の妓夫として働いた。

娼妓の世話をし、安いお客を貸座敷に招く毎日。

次第に、これこそが自分に相応しい生き方なのだと思えるようになってきた。切見世の妓夫は誰も傷つけない。そのうち自分が楼主となって真木楼を継げばいい。父の代わりに三浦一門を率いるなんて、自分には到底無理な話だったのだと。

「何度か親父から『いつか絵の道に戻ってこい』という内容の手紙が届いた。でも、帰るつもりはなかった。……というより、帰れないだろうと思っていた。どの面下げて絵筆を握ればいいんだよ、もうあんな思いをするのは嫌なんだよって。それなのに……利壱が連れてきた娼妓見習いを見た時、気持ちが揺らいだ」

描きたい、と思ってしまった。この娘を描きたいと。だから、自然と「三浦瑯月」と名乗った。

気が付いた時には、あの素描は美しい娘の手の中にあった。

「お調子者だよなあ、俺」

瑯月は自嘲する。

しかし、自ら雅号を名乗った瞬間から、瑯月の中の何かが変わっていった。

描きたいのはツバキだけではなくなった。今までに感じたことのない感情に突き動かされ、その感情を書き記すように絵を描いていく。それは、父親の下で描いていた時とは比べものにならない高揚感だった。

そして、傍らには自分の絵を「綺麗」と言ってくれる人がいた。

純粋に。

掛け値なしに。

瑯月の絵が好きだ、と。

「ようやく、本気で『絵を描いていきたい』と思えるようになったんだ」

瑯月は空を見上げた。

仄かに紫色を帯びていた空はやがて暗色を深め、花艇の屋根に吊り下げられたカンテラは、徐々に赤い光を灯し始めていた。

利壱は大きく櫂を漕いだ。そして、「俺、瑯月のすげえ秘密を聞いちまったなあ」とつぶやいた。

「誰にも言わないよ」

瑯月はこれからも『三浦瑯月』として生きていく。三浦錦繍の弟子や息子という肩書ではなく、『三浦瑯月』という『ひとりの絵師』として絵筆を握る。

「絶対に、誰にも言わない」

花艇に向かう無数の猪牙舟と逆行しながら、利壱の猪牙舟は進む。

瑯月はじっと空を見つめていた。

その後ろ姿は、まるで広がる夜空を切り裂いていくようだと、利壱は思った。


寿々花の姿絵が完成したのは、それから五日後のことだった。

その日は於豊が所用で出掛けており、一号艇の寿々花の部屋には、瑯月と寿々花と利壱の他に、カエデもいた。

「見せてくんなまし！」

仔猫のように駆け寄るカエデを「待て」と制し、利壱は「寿々花姐さんが先だろう？」と窘める。

聞き分けのいいカエデは「申し訳ござんせん」と引き返し、「なれど、姐様の次に見せてくんなまし」と物欲しそうに一言添えた。

「昨夜仕上がったばかりですよ」

瑯月は、手にした絵の向きを変え、寿々花のほうに差し出した。

一瞬、寿々花の頬が緩んだ。

思わず、利壱とカエデも絵をのぞき込む。

瞬時にしてふたりは目を瞠った。

絵の中の寿々花は、花鯅の窓辺にしどけなく座り、一枚の紙を手に持って微笑んでいた。

驚く程の繊細さ。そして、そこに描かれた寿々花のなんと初々しく優美なことか。

「うわあ……綺麗でござんすねえ……」

カエデは、感嘆の声を上げげた。「今までに描いていただいた、どの姐様の絵より綺麗にござんす」

「大袈裟だな。今回は時間を掛けて描かせてもらったからね。ただそれだけのことだよ」

瑯月は笑ったが、しかし利壱もカエデの言う通りだと思った。

於豊がこれ見よがしにばら撒いているせいで、長春楼の娼妓の姿絵はこれでもかという程見てきたが、寿々花の姿絵には、素人目にも今までと違う美しさがあるような気がした。

瑯月の腕が上がったからといえばそれまでであるが、それだけが理由でないと感じるのは、利壱の思い過ごしだろうか。

「まことに……まことに、綺麗に描いていただきんした」

寿々花は、瞳を潤ませた。

「この絵の中のわっちは、初めて出会った時に描いていただいた、あの走り書きの絵を見ているのでござんすね」

「よく分かりましたね」

「あの走り書きは、わっちの宝物にござんす。いただいた時は、本当に嬉しくて……」

「……そう言っていただけると、こちらも嬉しくなりますね。今となっては、遠い昔のことのようですが」

微笑んだ卿月の顔には、どこか寂しさのようなものが滲み出ていた。

――これで、一世一代の卿月の仕事は終わった。

寿々花がお礼にと薄茶をたて、一服する。利壱は作法など知らないから、適当に茶碗に口をつけていたが、今や社交場に出入りする程になった卿月は流石なもので、優雅に茶をすすっていた。

「それで、そのできあがった絵はどうするんだい？」

利壱が聞くと、卿月は「於豊さんは留守にしているから、寿々花さんに預けていこうと思う」と答える。

「あの、もう一服いかがでござんすか？　楼主の分までお礼がしとうござんす」

名残惜しそうに寿々花が引き止める。すかさず利壱は、「折角だから、いただきなよ」

と瑯月に言う。

「俺、ちょっと猪牙舟を見てくるから。実は、ここの係留柱、ガタがきてるみたいでさ。流されてないかと心配なんだ」

え！　とカエデが声を上げた。

「係留柱が壊れたら、お客が登楼できんせん！　そうなったら、皆が困りんす！」

「いや、まあ、ガタがきてるといっても船大工を頼む程じゃないんだが……そうだ、大工道具は借りられるかい？　俺がグラつきだけでも直しておいてやるよ」

「利壱どんにできるのでござんすか？」

「こう見えても四郎兵衛会所の番人だからね。そのくらいのことは朝飯前だよ」

それならば、とカエデは部屋を飛び出した。

あまりの敏捷《はや》い動きに苦笑しつつ、利壱も部屋を出ようとする。

「利壱」

その背中に、瑯月が声を掛けた。

利壱は半分だけ振り返り、「猪牙舟で待ってるから」と言う。

「ゆっくりしておいでよ。これで最後なんだから」

瑯月からの返事はなかった。

わずかでも思い出を作ってほしいと思いながら、利壱は係留柱のある御内所前に向かった。

カエデは既に大工道具を持って待ち構えており、「利壱どん、早く、早く」と急かすように金槌を振り回してみせる。その背後には、長春楼の男衆が三人。いずれも炊事船で煮炊きや力仕事を担っている者たちだ。

「ほら、ここ。少しグラついている」

利壱は膝程の高さの係留柱をつかむと、わざとらしく揺すってみせた。

男衆が「あ」と声を上げる。

長春楼の係留柱は、経年劣化のためにグラついていた。

が、実をいえば、どの係留柱でも多少のグラつきはあるもので、たとえ目端の利く年配の男衆が多い見世でも、この程度のものなら放置してしまっている。しかし、若い男衆しかいない長春楼では、そういったことまでは知らないのだ。

「足許の螺子《ネジ》を締めてやれば元通りになりますが、場合によっては、釘を打って固定してしまったほうがいいかもしれません。幸いにも於豊さんは留守にしていらっしゃるようですし、今のうちに二号艇や三号艇の係留柱も確認してみませんか？」

利壱が言うと、於豊に雷を落とされたくない男衆は、大急ぎで他の花艇に渡っていく。

カエデは利壱の横にしゃがみ、利壱が螺子回しを使うのを面白そうに見ている。これ幸いと、利壱はもったいぶった手付きで螺子を捻った。係留柱は、まだ数本ある。これなら多少の時間稼ぎはできるだろう。

「利壱どんは、何でも知ってござんすねえ。流石でござんす」

「それは褒めすぎってものだよ」

「なれど、うちの楼主は、数ある番人の中で、利壱どんを一番信用しているように思いんす。風の噂によると、あの赫鯨楼の松乃枝姐さんの覚えも高いとか」

「それは、俺が吉原生まれの吉原育ちで、ここの流儀をわきまえていると思われているからじゃないかい？　他の番人は、よその土地の生まれがほとんどだし」

「なれば、楼主が瑯月先生に姐様方の絵をお願いしたのも当然のことでござんすね。瑯月先生も、利壱どんと同じ吉原生まれの吉原育ちでござんすゆえ」

「そうだね」

そんなことを話していると、瑯月がやってきた。

瑯月は俯き加減で、口の辺りを首元にあった絹の襟巻で覆っていた。

「どうしたのでござんすか？」

「慌ててお茶を飲んで、うっかり口元を火傷してしまってね」

「まあ！」

カエデは目を丸くした。「なれば、今すぐお水をお持ち致しんす。悪くならないうちに、どうぞ冷やしてくんなまし」

「いや、家に帰れば薬があるから大丈夫だよ」

そんなことを話しているうちに、各花艇に散っていた男衆が工具を持って戻ってきた。

係留柱を直し終え、これで於豊に叱られなくて済むと安堵したのか、どの顔も晴れ晴れとした表情をしていた。

卿月は全員に挨拶をすると、利壱と共に猪牙舟に乗り込んだ。

利壱は係留柱につないだ縄を解き、ゆっくりと櫂を漕ぎだす。

寿々花は、見送りに出てこなかった。

「……卿月」

長春楼の船団から離れた所で、利壱は声を掛けた。

しかし、卿月は不自然に俯いたまま答えない。

利壱は長春楼を振り返った。見送ってくれていたカエデや男衆の姿は既になく、ふたりを見ている者は誰もいない。

「啓ちゃん」

利壱は櫂から手を離すと、卿月の正面に跪いた。

そして、卿月の口元を覆っていた絹の襟巻を引っ張り下ろした。

「啓ちゃん、それは……」

――卿月の唇は、赤く濡れていた。

それの赤は火傷の痕などではなく、まぎれもなく娼妓が唇に塗る紅の色だった。

「それ……寿々花さんの……？」

卿月の頬に、カッと赤みが走った。

紅筆で塗ったものでないことは明らかだった。乱れた赤い縁取り。まるで、激しく擦り付けたような。

「……もしかして、接吻したのかい？」

利壱の問いに、けれど瑯月は答えない。答えないということは、肯定だ。

瑯月は、寿々花と接吻したのだ。

「どうして……」

「……さ、最後に……」

「最後だから、寿々花さんの唇がほしいって言ったのか」

「違う！　そうじゃなくて……！」

瑯月は髪を掻きむしるように頭を抱えた。

「そうじゃなくて……同じ、だったんだ。あの娘も。俺と」

同じ。

つまり、それは。

「娼妓になれば、初めての物はすべてお客に捧げなければならない。でも、本当は、自分のすべてを俺にもらってほしい。だから……せめて最後に、唇に塗った紅を奪ってくれと、言われたんだ」

罪ではない。

娼妓見習いの体を奪うことは罪でも、その紅を奪うことは罪ではない。

それは、これから娼妓として生きていく寿々花の、決死の告白。

「何だか嘘みたいな話だろ？　最後の最後に、まさか、って思うよなあ」

　瑯月は洟をすすりあげた。

　ふたりは同じ気持ちでいた。それを口にすることができたのが別れの直前だなんて、なんと皮肉なことであろうか。

「……啓ちゃん、泣いているのかい？」

「そりゃ泣きたくもなるだろうよ。惚れた女と心が通じ合っていたなんて、これ以上に嬉しいことがあるものか」

「でも」

「分かってる。ちゃんと思い出にする。だから、せめて今日くらいはひたらせてくれ」

　そう言って、瑯月は肩を震わせた。

　あと十日で、寿々花は誰かの物になる。

　その先は、もっと大勢の物になる。

　けして、けして瑯月の……真木楼の啓次郎として生まれた男の物にはならない存在になってしまう。

　だから瑯月は、奪い取った紅に涙した。

　通じ合っていた心に、別れを告げるために。

第四話　濁る水

とある吉日、隅田川にて船行列が行われた。

この船行列は、吉原が隅田川に移ってからできた習わしだ。新しい娼妓をお披露目するために、絢爛豪華に飾り立てられた見世の船団が一列になって隅田川上を進む。これを昼と夜の二回行う。船団の先頭は御内所のある一号艇で、舳先に立つのが、この船行列の主役となる娼妓——寿々花だ。

かつての吉原では、『初見世』と言って、水揚げを迎える娼妓がお披露目として目抜き通りを練り歩いた。それは花魁道中に匹敵する程の華やかさで、わざわざ見に来る冷やかし客も少なくなかったという。

当然、その流れを汲む船行列も華やかだ。

川土手には見物客が押し寄せ、今から花を散らそうとする年若い娼妓を大きな歓声で出迎える。その見物客に、寿々花の名前が入った姿絵を配る男衆たちが交じる。花艇の窓からは着飾った娼妓や見習いが顔を見せ、手を振りながら女優さながらに愛想を振りまく。

しかし、寿々花は笑わない。

凛として微動だにせず、傍らの芸者が奏でる三味線の清搔の音色の中で、まるで自分の行く末を見つめるように、じっと正面だけを見つめている。

「いつになく金の掛かった船行列だなあ」

　番人船の執務室の中。

　ぽつりとつぶやいたのは、番人船古参の警察官である小柴だ。

「やれやれ、まるで大見世の秘蔵が初見世をするような賑やかさじゃないか。このご時世に、中見世がこれだけのことをするなんて前代未聞だよ。赫鯨楼の楼主は心中穏やかではいられないだろう」

「ええ、そうですね。大見世を凌ぐ程の船行列ができて、きっと於豊さんは笑いが止まらないことでしょうね」

　利壱が答えると、小柴は乾いた笑いを漏らした。

「三浦卿月の広告効果というものかな。これだけ混雑していると、四郎兵衛会所の番人はてんてこ舞いだ。お客のほうだって、相乗りでもしなきゃ見世まで行けないだろう。お前は控え番で幸いだったなあ、利壱」

　まったくだ、と利壱は思ったが、現実にてんてこ舞いしている朋輩のことを考えれば、そう簡単に同意はできない。あはは、と適当な笑いでごまかし、利壱はちらりと川土手のほうに視線を向ける。

　――卿月は、この見物客の中にいるのだろうか。

　ふと、詮無いことを考える。何だか胸が痛んだが、しかし、第三者の利壱がそんなことで、一体どうするというのか。卿月は寿々花の紅を奪ったことで、ようやく己の恋心に訣別したというのに。

水でも飲もうと、利壱はヤカンに手を伸ばした。その背中に、小柴が「利壱は、寿々花の水揚げの相手を知ってるかい？」と聞く。

「はい、寿々花さんから伺いました。廣川のご隠居だと」

廣川とは、於豊が長春楼を開業して以来の贔屓客といわれている老人だ。

先祖代々の薬種問屋で、長らく和漢薬を専門に取り扱っていたが、薬律や医政など時代の変化に合わせて西洋薬の輸入に乗り出し、その流れで貿易商としても成功した、於豊も顔負けの辣腕老人である。

見た目にもそれが表れており、しわに埋もれた眼光は鋭く、白い髪は未だ力強い。また、若い頃から異人との宴席商談を重ねてきたせいで、どれだけ強い酒を呑んでも酔い乱れることがないし、外国語も帝大生以上に読み書き可能だという。

今は身代を息子に譲り、悠々自適の隠居生活を送っていると聞く。水揚げの相手というのは、将来的に上顧客となっていくことが多いものであるが、この金払いのいい太客がついていれば、寿々花の娼妓としての未来は明るいと言っても過言ではないだろう。

しかし、小柴はあまりいい顔をしない。

「あれは厄介な男だよ」

「そうですか？　娼妓の間では評判もいいようですし、俺たち番人にも驕り高ぶったところを見せない人ですが」

「爺いになって、かなり丸くなったからな。若い頃は金に物を言わせて無茶苦茶をして、見番芸者《けんばんげいしゃ》にまで手を出したと噂が流れたりしたこともあったようだ」

　え、と利壱は瞠目する。

　吉原において、娼妓と芸者はまったくの別物である。

　娼妓と違い、芸者は『芸は売っても体は売らぬ』が身上だ。吉原にも大勢の芸者がいるが、体を売る芸者は「達磨《だるま》芸者」と呼ばれて侮蔑の対象となり、吉原から締め出された。お客のほうもそれは理解していて、上顧客程そういったことはしないと思っていたのだが。

「あくまでも噂だがね。まあ、金に物を言わせて、『噂』ということにしたんだろうが」

「あの廣川のご隠居が……。何だか信じられないです」

　利壱の言葉に、ふふふ、と小柴は薄い笑みを浮かべた。

「遠い昔のことだよ。私が、まだ十代の小僧警官だった頃の話さ」

「……寿々花さん、見習いの頃からずいぶん廣川のご隠居のお気に入りだったようですが、大丈夫でしょうか」

「そりゃ大丈夫だろう。廣川だってもう歳だ、昔のような無法などしないさ。むしろ、あの於豊と廣川が手を組んでいるんだから、寿々花はこっちが思いもよらないような大出世をする可能性が高いだろう。……ああ、そうか。そう考えれば、於豊が大見世に格上げを狙っているという話も、あながち噂ではないのかもしれないなあ」

　不意に、小柴は棚の帳簿を手に取った。

そしてパラパラと頁をめくり、「ほら、ここをご覧」と赤い判の押された項目を指さす。

「小見世の七福楼が、跡取りがいないことを理由に廃業を考えていて、警察署に廃業願いを出している。しかし、どういう訳か、まだ受理されていなくてね」

「どういうことですか」

「署の上のほうで止まっているんだよ。娼妓全員の新しい受け入れ先が決まっていないからという理由になっているが……もしかしたら、誰かがここを買収するつもりで、いったん止めるように願い出ているのかもしれない」

「まさか。貸座敷の買収なんて、そう簡単なことではないと聞いています。本当にそんなことが可能なんですか？」

「それを可能にするモノを持ち合わせている人間なら、或いはね」

「つまり、それが、使いきれない程の大金を持っている廣川のご隠居、ということですか？」

「私はそこまで言ってはいないよ」

言ってはいないが、その可能性を疑っている——と、そういうことなのだろう。

長春楼が七福楼買収の官許を得れば、その規模は一気に赫鯨楼と同じになる。いや、今の人気から考えれば、赫鯨楼をしのぐ程の貸座敷になるかもしれない。

「たとえばの話だよ」

そう前置きしたうえで、小柴は声を潜めるように言葉を続けた。

「たとえばの話だが、この大見世のように派手な船行列も、何かの企みがあってのことなのではないかと思えてね」

「企み、とは？」

「それが分かるようなら、私はすぐにでも実業家に転身するさ」

確かにその通りだ、と利壱は納得する。

商売は誠実が一番であると誰もが言うが、実際はそんな生易しいものではない。誰もが考えもつかないことや新しいことを考え、お客の要望に応えていく。成り上がりを考える商売人なら、尚更、その知恵も必要になってくる。

「これは長年の勘のようなものなんだが、何となく嫌な感じがするのだよ」

溜息まじりに、小柴はつぶやいた。

そして、小柴の勘は、その日の夜に的中することとなった。


激しい半鐘の音が隅田川の水面を揺らしたのは、夜の船行列も終わった午後九時のことだった。

尋常ではない打音であった。利壱と小柴は、番人船の甲板に飛び出した。

ふたりは望遠鏡を取り出し、音の方角にレンズを向ける。

半鐘を鳴らしているのは長春楼のようだ。異常事態を知らせる半鐘の音に、近い場所にいる猪牙舟のみならず、お客を乗せていないその他の猪牙舟も、いっせいにそちらの方向に向かっているのが見えた。

「俺たちも行きますか？」

利壱は小柴に指示を仰ぐ。

長春楼が停泊している場所は番人船から遠く、無数のカンテラの灯が蛍火のように蠢いているだけで、何が起きているのかはっきりと見えない。

「よし、行こう」

番人船で動くよりも、ここは猪牙舟で向かったほうが早い。

利壱は係留した自分の猪牙舟に飛び乗った。続いて小柴が乗り込むのを待って、間髪を容れずに係留柱の縄に手を掛ける。

利壱は全力で櫂を漕ぎ、どうにか朋輩たちに追いついた。

長春楼は船行列のような一列ではなく、既にいつもの花形のような隊形で停泊していた。

その中央、カンテラの灯り煌めく一号艇で、誰かが激しく半鐘を打ち鳴らしている。

その姿に、利壱たちは目を瞠った。

本来なら寿々花の水揚げをしているはずの廣川が、そこにいたのだ。

「何事か！」

小柴の声に、「帰る！　儂は帰るぞ！」と叫ぶ廣川の矍鑠とした声が重なる。

「どうか気を鎮めておくんなまし！」

いつにない焦りを見せながら、於豊が廣川に縋りついている。

何だ。一体何があったのだ。

利壱は更に猪牙舟を一号艇に寄せようとする。と、次の瞬間、部屋から寿々花が飛び出してきた。

「お待ちくださんし！　誤解でござんす！　どうか、お待ちくださんし！」

寿々花の声は、既に涙含みであった。

これだけの騒ぎだ、近くに停泊しているどの見世も全ての部屋の窓を開け、固唾を呑んで様子を見守っている。

一号艇の半鐘から一番近い場所に猪牙舟を寄せた利壱は、大急ぎで空いている係留柱に縄を掛けた。

小柴が花艇に乗り込み、「落ち着け」と廣川たちの間に入る。

しかし、荒れ狂う廣川は収まらない。縋りつく於豊や寿々花を振り払い、「何が初見世だ！　何が水揚げだ！」と更に声を張り上げる。

「小娘の分際で儂を謀《たばか》りおって！　既に他の男に破瓜された後ではないか！」

――え？

利壱は耳を疑った。

一瞬の静寂の後、俄かに周囲がざわつきだす。

咄嗟に利壱は寿々花を見た。

まさか、そんなはずはない。

破瓜とはつまり、他の男に手をつけられたということ。しかし、あの瑯月が、寿々花にそんなことをするはずがない。

何とも形容しがたい空気の中、寿々花だけが「誤解でござんす！　誤解でござんす！」と髪を振り乱し、感情的に声を上げている。

「わっちは、どのお方ともそねえな関係になどなっておりんせん！」

「ならば、儂が三浦瑯月の話をした時に見せた、あの動揺は何だったのだ！」

「そ、それは、ご隠居様の気のせいにござんす！　先程から申しております通り、すべて誤解でござんす！」

「では、お前は儂だけが悪いと申すのか？」

寿々花はハッとしたように肩を震わせた。

「い、いえ、ご隠居様が悪いなどと、そのようなことは……」

廣川はフンッと荒く鼻息を吐き、乱れた背広の襟を正した。

利壱は息を殺し、ふたりの様子を探る。

何があったのだ？　どうしてこんな事態に陥ったのだ？

「――とりあえず、部屋に戻ってはどうかね。めでたい初見世の日じゃないか」

取りなすように小柴が言うと、「初見世などと、馬鹿馬鹿しい」と廣川は一蹴する。

「長く番人船に乗っている警官なら知っていると思うが、初見世の船行列には巨額の費用が掛かる。今回、その費用を全額負担してやったのは、この儂だ。それに感謝をされるのならいざ知らず、この小娘は儂を謀り、裏切ったのだ！」

「寿々花姐さんは、そねえなことをするお人じゃあござんせん！」

大勢の大人を掻き分けるようにして、於豊の腰の辺りから、いきなりカエデが首を出した。

「ご隠居さんが急に瑯月先生の話をされたので、寿々花姐さんはちょっと吃驚されただけにござんす！　ゆえに、悪いことなど何もなさっちゃござんせん！」

小柴はカエデに目を向けた。そして、「何があったのだ？」と話すように促す。

カエデは、焦りからたどたどしくなる口元を必死で動かし、あえて周囲に聞こえるよう懸命に訴える。

「寿々花姐さんは、他愛のない話をしながら、ご隠居さんにお酌をなさっておいででござんした。その時、急にご隠居さんが、瑯月先生は夕風環の情夫であると仰って、寿々花姐さんを吃驚させちまったのでござんす」

水揚げの時、お客と娼妓が布団に入るその瞬間まで、娼妓見習いはもてなしの手伝いをすることになっている。カエデは於豊に言われた通り、寿々花の傍らで三味線を弾いていた。カエデ曰く、廣川の激昂は本当に突然のものだったという。

「寿々花姐さんも吃驚しておいででしたが、わっちも吃驚しちまいました。だって、瑯月先生といえば、ついこの間まで寿々花姐さんの絵を楽しそうに描いていたお人でござんす。その瑯月先生が、あの有名な夕風環の情夫だと言われたら、吃驚しないほうがおかしゅうござんす。それなのに、ご隠居さんは、これだけ驚くのは怪しいと、きっとそれは、ふたりが情を通じていたからに違いないと、こう仰って……」

利壱は、ちらりと廣川の顔を見た。

廣川のしかつめらしい顔に変化はなく、嘘を言っているようには思えない。

訳が分からなかった。瑯月が夕風環の情夫であるなどと、真実を知っている身からすれば到底信じられない。

——一体、何が起こっているんだ？

息を呑み、利壱は考えを巡らせた。

もしかしたら、利壱が知らなかっただけなのか？　瑯月は情人を持つ身でありながら、寿々花にも懸想していたのか？　——いや、違う。絶対に違う。もし瑯月が本当に夕風環の情夫であるというのなら、あの時に見せた涙は一体何だったというのか。

「寿々花姐さんは、瑯月先生と情など交わしてはいらっしゃらねえでござんすよ。だって、ふたりきりになる時間など微塵もありゃしませんでしたし。ねえ、利壱どん！」

不意に、カエデは利壱に水を向けた。

「瑯月先生が寿々花姐さんの絵を描いていらっしゃる時は、いつも、わっちか利壱どんが一緒でござんしたよね！」

「あ、ああ」

利壱はうなずいた。そして廣川のほうを向き、「カエデの言う通りです。ですから、廣川のご隠居が考えるようなことは何もありません」と主張した。

ふうん、と廣川は薄く鼻を鳴らした。

訝しむ廣川の眼光は鋭く、利壱の心臓は早鐘のように打っていたが、しかし、利壱は嘘など言っていない。瑯月と寿々花の間には、水揚げを偽るようなものは何もなかった。ただひとつ、唇の紅を奪った以外は。

「……それを証明できるか？」

「え、いえ、証明と言われても急にはできませんが……しかし、証言に嘘はありません。本当です」

すると、急に廣川は、視線をカエデに向けた。

「本当に、寿々花と瑯月から離れていないな？」

「あい」

「片時も」

「あい」

「厠へ行ったり、何かの急用で部屋を出た記憶もないと言うのだな？」

「急用……？　あ！」

その瞬間、カエデは顔を強張らせて口を引き結んだ。

まずい！　と、利壱は心の中で舌打ちをした。

きっと、廣川の「急用」という言葉に引きずられ、カエデは思い出してしまったのだろう。利壱とともに、係留柱の修繕をした時のことを。

「あの……ちょっとだけ……」

嘘のつけないカエデは、もじもじとしながら俯いた。「なれど、本当にちょっとの間のことにござんす。ご隠居さんが仰るような、悪いことをしでかす時間もござんせん」

「お前のような子供に、男と女の何が分かる？」

凄みをきかせる廣川に、利壱は慌てた。そして、今にも泣きだしそうなカエデを庇うように、「この娼妓見習いの言う通りです」と口を挟む。

「厠で用を足すような短い時間の間に、一体何ができると仰るのですか」

「心を通い合わせることはできるだろう」

そう言って、廣川はゆっくりと寿々花に視線を向けた。

まるで汚らわしい物でも見るような、蔑むような視線を。

「水揚げで初めて男を知るのは、初見世に大金を出してもらう娼妓の誠意として当然のことだ。しかし、初心は初心でも、ただの初心ではつまらぬ。だから儂は於豊に言ったのだ。その娼妓が『恋心すら知らぬ正真正銘の初心』であるというのなら、大見世に負けないほどの派手な初見世にしてやろうと」

廣川の言葉に、その場の空気が一変した。

瞳に涙をにじませた寿々花には、もう言葉もなかった。

老人の酔狂だ、と利壱は思った。女が体を売るのは、原始より続く最も古い商いだといわれているが、しかし正真正銘の初心を売るなどというのは聞いたことがない。そこまでの完璧さを求めるなんて、そんなのは馬鹿げている。お互いの立場を考え、恋心に訣別したふたりがあまりにも不憫だ。

けれども廣川は、不可能に近い条件だからこそ、この取り決めを於豊に持ち掛けたのだと主張する。

「寿々花！　お前という奴は、わっちの顔に泥を塗って！」

激昂する於豊にびくりと肩を震わせ、すぐさま寿々花は「いいえ！　いいえ！」と首を横に振る。

「本当に誤解でござんす。わ、わっちは瑯月先生にそねえな気持ちなどこれっぽちも抱いてやござんせん。そ、それに、瑯月先生のような御仁が、わっちのような者のことを歯牙に掛けるなどあろうはずもござんせん」

必死で嘘をつく寿々花を見て、利壱はぎゅっと歯を食いしばった。

何も言えない。何を言えばいいのか思いつかない。

ふたりの気持ちを知っているのに、自分はなんと無力なことであろうか。

於豊は寿々花に向かって小さく舌打ちすると、すぐさま表情を変え、廣川に向かって媚びるような視線を向けた。

「これこのように申してござんすし、廣川のご隠居を勘違いさせちまった寿々花の粗相は、どうか許しておくんなまし。さあさ、どうぞご機嫌を直して部屋のほうへ」

「いや、儂は帰る」

廣川は頑なだった。やにわに番人のひとりに視線を向けると、「お前、猪牙舟を出せ」と、下人を顎で使うように指示をした。

於豊はあからさまな焦りを見せた。

「な、なれど、まだ水揚げが終わってござんせん！　寿々花はまだ未通娘《おぼこ》、ご隠居に道をつけていただかなければ、娼妓として独り立ちができんせん！」

「何を言っておる。既にあれやこれやと男の何ぞやを教えてやり申したわ」

「え？」

その瞬間、周囲がどよめいた。

廣川はニヤリと口の端を上げ、「明日から、思う存分、客を取るがいい」と笑う。

どう考えても嘘だ。寿々花に対する嫌がらせだ。

思いもかけない廣川の言葉に、寿々花は呆然としていた。カエデは憤然と小さな手を握りしめ、「わっちは、まだ布団を敷いてなどござんせん！」と声を張り上げる。

「いいや、お前は布団を敷いた。そして、水揚げが済むとすぐに畳んで片付けた。寿々花の初見世は、これで滞りなく終わったのだ」

「う、嘘でござんす！　ご隠居は、ちぃっとばかりお酒を飲んで、肴をつまみながら寿々花姐さんとしゃべっただけにござんす！」

「何だ貴様。娼妓見習いの分際で、寿々花の初見世まで出してやった儂を嘘つき呼ばわりするのか？」

うぐ、とカエデは言葉を詰まらせた。

慌てた於豊がカエデを突き飛ばし、「どうか、どうか！」と、枯れ木のような廣川の腕に縋りつく。

「カエデの無礼はお詫び申し上げんす！　どうか、部屋にお戻りくんなまし！」

しかし、廣川は於豊の腕を振り払うと、無言で近くの猪牙舟に乗り移った。

小柴が「待て」と廣川を止めようとするが、逆に廣川は「儂を待たせてどうする？」と、小柴を挑発するように鼻で笑う。

「儂は、水揚げを終えて帰るだけの『ただの客』だ。法に触れることなど何もしてはおらん。それを公僕が引き止めるというのか。よもや、偽りの罪状をつけてやろうと思うとるのではあるまいな？」

ここまで言われてしまっては、流石の小柴も返す言葉がなかった。

「早く猪牙舟を出せ」

番人はためらった。が、廣川が苛立たしげに杖で船底を突くと、番人は渋々ながら係留柱の縄をほどいた。

もうどうすることもできなかった。

寿々花は青白い顔で呆然と座り込み、怒りを抑えきれない於豊は、カエデの頬を思い切り引っ叩いた。

長春楼周辺のざわつきは収まることがなく、その喧噪の中に、大きなカエデの泣き声が響き渡った。


小さなことを大きくして話すのが吉原雀の常だが、今回の騒動に関しては事情が違った。なにせ、初見世で水揚げもせずに客が帰ってしまったという前代未聞の出来事であり、これは吉原雀たちの想像を上回る騒動だったからである。

噂の広がりは早く、夜半のうちに第二吉原、夜明けと共に近隣の浅草界隈にまで伝播し、吉原で夜通し遊んだお客が帰る頃には、渡舟場に三文新聞の記者が並ぶまでになった。

番人の神経は、ピリピリと荒ぶっていた。

事実を針小棒大にするのは吉原雀も三文新聞の記者も同じであるが、生業としている分、記者のほうがしつこい。まして、新進気鋭の人気絵師と、吉原中見世の秘蔵との醜聞とくれば、そのしつこさも尚更のことである。

吉原の客を見定めるのは、四郎兵衛会所の番人の仕事だ。だから、取材のために長春楼に渡ろうとする記者は、絶対に乗せてはならない。なかには記者であることを隠して乗り、長春楼の近くに停泊していた見世で聞き込み取材を行おうとする輩もいるが、それを見切るのもまた番人の役目である。

交代の控え番に仕事を任せ、利壱は第二吉原の四郎兵衛会所に戻って睡眠をとる。目覚めて、炊事場にあった飯を適当に食い、そういえばまだ風呂に入ってなかったと、お歯黒どぶ沿いにある小さな銭湯に向かう。

銭湯には切見世の妓夫が数人いて、いつものように汗を流していたが、口に上るのは昨晩の騒動のことばかりだ。番台にいた風呂屋の主人さえ、利壱を見るなり、「於豊さんの所、とんでもねえことになったな」と話し掛けてくる。

「俺も吉原は長いが、初見世の娼妓が水揚げをしてもらえねえなんて聞いたことがねえよ。於豊さん、一体どうするつもりなんだい？」

「さあ、分かりません」

利壱はわざとらしく首を捻ってみせた。

しかし、内心は、もしかしたら長春楼は休業するかもしれないな、と考える。

いくら於豊が守銭奴とはいえ、いきなり寿々花を娼妓として働かせるのは危険だからだ。何も知らない未通娘に、お客が満足するような接客などできるはずがない。ましてや、これ程の騒動だ。流石の於豊もすぐにはよい知恵など湧いてはこないだろう。

とにもかくにも、廣川の機嫌をどうにか宥め、寿々花の水揚げを終わらせてしまわなければならない。そのためにも、鎮静化という意味合いも込めて、ここは休業するのが妥当というものだ。

利壱はそう考えていたのだが――しかし、事態は利壱の予想を大きく裏切った。

夕方、利壱が渡舟場に向かうと、そこには大勢のお客が待ち構えており、その誰もが長春楼への登楼を希望していたからだ。

「さっき来た番人が、長春楼が営業していると言っていたが」

「本当ですか？」

驚く利壱に、男は言う。

「嘘じゃねえよ、猪牙舟の番人から聞いたんだよ。寿々花って娼妓も見世に出てるって言ってたが、あんた、番人のくせに何も聞いてないのかい？」

まさかの事態だ。返答に窮していると、今度は別の男が話し掛けてきた。

「ところで、寿々花という娼妓は、本当に水揚げをしていないのかい？」

「え？　さ……さあ、どうでしょう」

何をどう答えていいのか分からず、とりあえず利壱はとぼけてみせる。

すると、他のお客も次々と口を開きだした。

「しかし、客のほうは水揚げを終えたと言ったそうじゃないか」

「寿々花は本当に未通娘なのかい？」

「いやいや、既に三浦卿月に破瓜された後だというから、未通娘ではないだろう」

「そうだそうだ、三浦瑯月が道をつけた娼妓などいらぬと、そういう理由で水揚げをしなかったはず」

「だが楼主は、それはお客の勘違いだと」

「となると、やはり寿々花は、まだ未通娘なのか」

「ならば、寿々花の最初の客になった男が、事実上の水揚げの客になるということか」

――大変なことになった、と利壱は思った。

とりあえず先頭にいたお客のひとりを猪牙舟に乗せて、利壱は隅田川上の吉原に向けて漕ぎ出す。

ふと周囲を見ると、各渡舟場からやってきた猪牙舟は、いずれも長春楼のほうを目指しているように見えた。

馬鹿げた話ではあるが、しかし、誰しも考えることは同じこと。あわよくばという気持ちは、どんな男だって持ち合わせているものなのだ。

「急げ、急げ」

お客が利壱を急かす。

「しかしながら、これだけの人数が長春楼へ向かっているようですし、これはもう寿々花をあきらめて、別の娼妓と遊んだほうがいいかもしれませんよ」

「もちろん、そんなことは覚悟の上だ」

ニヤリと、お客は下卑た笑いを浮かべた。

「それでも一目見てみたいじゃないか。三浦瑯月と廣川の隠居、ふたりを惑わした娼妓ってのをさ」

——ところが。

ようやく長春楼に到着すると、舳先に並んだ娼妓の中に寿々花の姿はなく、代わりに、於豊が八方に集った猪牙舟のお客に向かって、ペコペコと頭を下げていた。

「あいすみません。生憎と、寿々花はお客がついてしまいんして」

どうやら、お客のついてしまった寿々花は、既に部屋に入り、舳先に立つことができないらしい。

まあそれも当然のことだと思っていると、不意にお客のひとりが「待つぞ」と声を上げた。

「俺は、今のお客が終わるまで待つぞ。一晩に何人ものお客を取るなんて、よくあることなんだろ？」

「いえ、あの、それが……」

於豊は、いつにない愛想笑いを浮かべた。

「寿々花は、当分の間、『貸し切り』ということになってしまいんして」

「何？　じゃあ、明日なら寿々花を買えるのか」

「それが、明日も無理なのでござんす。実は、ある御仁から既に多額の花代を前金として頂戴してござんすので、数日、いえ、もしくはもっと長い期間、貸し切りは続くかと」

「どういうことだ？」

於豊は困った表情で髪の生え際に手をやった。そして、「こねえなこと、申していいのやらどうやら……」と、思案するように周囲に視線を滑らせた。

「いいから言っちまえ。こっちもわざわざ寿々花を買いたくて足を運んだってのに、きちんと話してくれなきゃあきらめがつかねえよ」

「あ、あい、ならば申しんす。実は、廣川のご隠居の使いの方がいらして、『当分の間、寿々花を貸し切りに』と、そりゃもうとんでもない金額の札束を置いていかれたのでござんす」

その瞬間、周囲は大きくどよめいた。

同じ花代でも、貸し切りとなると通常より高値となる。普通なら一日貸し切りでも大変なことなのに、廣川は寿々花をずっと貸し切り状態にしてしまったという。

これは一体どういうことなのか。

訳の分からなさに焦れた別の客が、「それじゃあ、今は、その廣川のご隠居とふたりで部屋にいるのかい？」と聞く。

「いいえ、当分の間、廣川のご隠居はお越しになりんせん。なれど、貸し切りになったことに違いはござんせんので、今は部屋にひとりでおりんす」

「何だい、そりゃ。ひとりで部屋にいるくれえだったら、舳先に出てくるなり、他のお客の相手をするなりすればいいじゃあねえか」

「申し訳ござんせんが、それは見世として不実というものにござんす。貸し切りになった以上、他のお客の相手をせぬのが誠意というもの。ゆえに、寿々花もそのようにさせてござんす」

するとは客は、「何だよ、つまんねえ見世だなあ」と毒づいた。

「こっちは、寿々花ってのがどういう娼妓なのか知りたくて来てんだよ。それなのに、影覗きもさせないなんて、一体どういう了見だい」

「娼妓の貸し切りとは、そういうものでござんすので……。ああ、なれど、まあ」

不意に、於豊は口の端を上げた。

「影覗きぐらいでしたら、寿々花の気分次第で、或いは」

「どういうことだい？」

「寿々花も人形ではござんせんので、たまには新しい風にあたりたいと思うことだってござんす。気晴らしに窓を開けることだってござんすし、厠に立つことも、風呂を浴びに行くことだってござんす。そういう時に、ちょいとばかり寿々花を見ることはできるかと」

言いながら、於豊は舳先に立つ娼妓たちに視線を向けた。「うちには、寿々花に引けを取らない娼妓が何人もおりんす。その娼妓と遊びながら、寿々花が顔をのぞかせるのを待っていただくこともできんすよ」

そこからは、お客のほうも早かった。

我先にと長春楼の娼妓を買い、花艇の部屋にしけこんだ。

於豊は嬉々として舳先に残り、娼妓を買えなかった客に寿々花の姿絵を配った。

こうして、とうとう新しい娼妓が誕生した。

最上級娼妓でもないのに、なかなか姿を見ることができない娼妓。

未通娘がどうかも分からない娼妓。

大量に出回った姿絵からしか、その美しさを窺い知ることができない娼妓。

誰も知らない。誰も分からない。

寿々花は、いつしか「常処女太夫《おとめたゆう》」とあだ名されるようになった。


利壱が朋輩に呼び止められたのは、いつものようにお客を長春楼に送っていった帰りのことだった。

朋輩は赫鯨楼からの帰りで、娼妓見習いから「利壱を呼んでくるように」と頼まれたのだと言う。

「松乃枝が、お前と話をしたいらしい」

利壱は首を捻る。

「何だろう？」

「何だろうって、お前、そりゃ大体のことは察しがつくだろう」

朋輩は薄く笑う。きっと、長春楼のことを聞きたいのだ。

水揚げ騒動から一か月近く経った今も、廣川による寿々花の貸し切り状態は続いており、寿々花の影覗きを楽しみにしている客が渡舟場に列をなしている。それは、とても中見世とは思えない程の賑わいで、吉原雀たちからは「陰の大見世」と揶揄されることもあるくらいだった。

当然、吉原一の大見世とうたわれる赫鯨楼が、これをよしとするわけがない。それゆえに、この一件に絡んでいる利壱に探りを入れたいのだろう。

「松乃枝が呼んでるって娼妓見習いは言ってたが、実際にお前と話がしたいのは楼主のほうさ。廣川のご隠居の一件は、何だかよく分からないしな」

「……俺が悪いんだよ。俺が、余計なことを言ってしまったから……」

暗い気持ちで、利壱は赫鯨楼に向けて漕ぎ出した。

赫鯨楼の舳先では娼妓見習いが待ち構えていて、「こちらにお越しくんなまし」と、利壱を松乃枝の部屋に通す。

部屋に入ると、件の松乃枝のほかに、赫鯨楼の楼主である重兵衛《じゆうべえ》も顔を揃えていた。

「忙しいところを悪いねえ、利壱どん」

険しい顔に珍しく柔和な笑みを浮かべて、重兵衛は利壱を出迎えた。

もちろん、これが作り笑いだと気付かない利壱ではない。警戒しつつ、利壱は勧められた座布団にそろそろと腰を下ろす。

「あの……どういったご用件でしょうか？」

「他でもない長春楼のことなんだが」

単刀直入に重兵衛は切り込んできた。

「あの一件は、何が真実なんだい？」

「何が、と申されますと？」

「寿々花の水揚げの件さ」

すると、重兵衛は、乱雑にめくられた新聞を利壱に差し出した。

三文新聞だ。そこには長春楼で配っている寿々花の姿絵が載っており、その横には、どこかで隠し撮りされたとみられる伏し目がちな瑯月の顔写真が添えられていた。

そして、【画人・三浦瑯月に、秘められた過去の恋】という大きな題字。

「今朝の新聞だよ」

苦々しい表情で重兵衛は言い放った。

記事には、瑯月が駆け出しの時期に長春楼の娼妓の姿絵を描いていたこと、そして、そこで出会った寿々花と恋仲になったことが書かれていた。

それだけでもかなりの醜聞なのに、更には娼妓見習いだった寿々花に手をつけてしまったこと、それを知った水揚げの客が怒ってしまったこと、そして寿々花はどういう訳か貸し切り状態の軟禁生活になってしまい、誰の相手もしたことがないことから『常処女太夫』の異名を持つこと、更には、瑯月は人気奇術師である夕風環の情夫になっていることまで、まことしやかに書き連ねられていた。

「このことは、吉原の楼主衆の間でも問題になってるんだよ。さあ、悪いようにはしないから、何が真実で何が嘘なのか、私に教えてくれないかい？」

口ぶりこそ穏やかではあるが、有無を言わせぬ重兵衛の気迫に、思わず利壱は口を噤んだ。

心臓が音を立て、脂汗が背中を伝う。

何を、どう答えればいいのか。

「……まあ、いきなり問い詰めても、利壱どんとて答えにくいだろう。まして、幼馴染の三浦瑯月……いや、真木楼の啓次郎に関わることだから、口も重くなるだろうさ。しかし、これはハッキリさせておかなければならないことなんだよ。於豊さんは何食わぬ顔で商売を続けているが、前代未聞の大事件なのだからね」

重兵衛の言葉に、利壱は視線を逸らすように俯いた。

あの日、寿々花は自分と瑯月の潔白を訴えた。そして廣川は水揚げを済ませたと言い、カエデは布団さえ敷いていないと言い返した。

廣川の言葉を信じ、寿々花とカエデが嘘をついているとするならば、寿々花は未通娘ではなく、ただの貸し切り状態が続く普通の娼妓ということになる。しかし、寿々花とカエデの言葉が正しく、廣川が嘘をついているとなれば、事は大きな問題になる。

体を売らぬ女が、なにゆえに娼妓を名乗っているのか、と。

「一口に吉原の娼妓といっても、上に行く者と行けない者がいる。それは、利壱どんも知っているだろう？」

はい、と利壱はうなずいた。

吉原には、子供のうちから娼妓見習いとして働いている者と、大人になってから吉原に来て娼妓になる者がいる。

上に行けない者のほとんどは後者だ。華やかな初見世もさせてもらえず、簡単な客あしらいだけを学んですぐに客を取らされる。未通娘か否かは問題ではなく、全員が吉原に来る前に破瓜されている者――つまりは、既に一端の女であるとして、扱われるのだ。

けれど、上に行く者は違う。全員が娼妓見習いを経ている。娼妓見習いをしていたということは未通娘が当然であり、それゆえに水揚げが大切な催事となってくる。

「だからこそ、利壱どんに本当のことを教えてほしいんだよ」

重兵衛は、大きな溜息をひとつついた。

「私のように古くから吉原にいる人間は、若い頃の廣川がどれだけ厄介な曲者であったかを知ってる。それこそ、利壱どんが生まれるずうっと前からね。だから、これは廣川の思いついた悪辣な遊びだと、つまりは、金に物を言わせて寿々花が苦しむ様子を楽しんでいるのだろうと、おおよそだが察している。しかし、問題は寿々花のほうさ。実際に瑯月に破瓜されてしまっているのだとしたら、それはそれでいい。まあ、多少の制裁はあるかもしれないが、表向きは、瑯月ではなく廣川に水揚げされたのだということにすればいいのだからね。問題は、その逆だ。未通娘のくせに娼妓を名乗っているとなると、これは娼妓稼業をなしていないということになり、場合によっては、娼妓取締規則を犯していることになるかもしれないよ」

ゆっくりと、噛んでふくめるような重兵衛の言葉に、利壱は全身が圧し潰されてしまうような恐怖を覚えた。

軟禁状態にある寿々花は、あまり食事ものどを通らず、すっかりやせ細ってしまっていると聞く。おそらく寿々花も、このことで思い悩んでいるのだろう。

「真木楼の小菊さんは、吉原生まれで吉原育ちの息子が、娼妓見習いに手を出すことなど絶対にありえないと言っているそうだ。利壱どんもそう言っていたと聞いたが」

ぐ、とのどを詰まらせ、利壱はますます俯いた。

見かねた松乃枝が、「本当のことをお言いなんし」と優しく利壱を諭す。

「たとえ寿々花と瑯月先生が心を通わせていたとしても、それは罪ではござんせん。恋を知らない正真正銘の初心でないといけないというのは、廣川のご隠居の戯れとして流せばいいことにござんす。だから、本当のことを言ってくださんし。そもそも利壱どんは、たまたま騒動に巻き込まれただけのこと。ゆえに、気に病むことなど何もござんせん」

そう言われても、利壱には何も答えられない。

寿々花は瑯月に破瓜されたと嘘を言えば、ふたりが追及されることはなくなるだろう。寿々花の軟禁状態は変わらないかもしれないが、それでも吉原の娼妓として生きていけるし、瑯月だって三文新聞で騒がれることはなくなるはずだ。

けれど、ふたりの思いはどうなるのか。

唇を重ねて、必死に恋心を断ち切ろうとした瑯月と寿々花の思いはどうなるのか。

「……分かりません」

かすれた声で、利壱は言った。

「俺には、何も分かりません。あの時、俺は、ふたりは情など交わしていないと言いましたが、本当は何かあったのか……」

否定もしない。だからといって、肯定もしない。それが不実であることは重々承知しているが、けれど今の利壱には、そう答えるのが精いっぱいだった。

重兵衛は、ふう……とあきらめにも似た深い溜息をついた。きっと、これ以上、利壱は何も語らないと察したのだろう。

「隅田川に場所を移したとはいえ、吉原はひとつの町なんだよ。そして、この町は、国から官許を得た者が同じ商売を営むことで成り立っている。それは、利壱どんも理解しているね？」

「……はい」

「吉原という町を維持していくためにも、見世と見世は仲間でなくてはいけない。だが、同時に商売敵でなくてはならない。互いに競い合わなくては、町の発展が望めないからだ。もちろん、時にはよそを蹴落としてしまうことだってあるだろう。しかし、どの見世の楼主だって、それは致し方ないことだと理解している。商売とは、そういうものだからね。しかし、長春楼は……いや、於豊さんはやり過ぎなんだよ」

言いながら、重兵衛は先程の三文新聞を手に取った。

「この記事だって、於豊さんが書かせたのではないかという噂があるくらいだからね」

「え？　……あ！」

利壱は、もう一度、新聞を見た。

それは、かつて長春楼が広告を載せた三文新聞だった。

重兵衛曰く、あまたある三文新聞の中で、先陣を切って瑯月と寿々花のことを書き始めたのはここなのだという。広告を掲載したというつながりを考えれば、於豊が記者に内情を暴露し、宣伝になるような記事を書かせたと思われてもしかたがない。

「於豊という奴は、転んでもただでは起きぬ女だよ。もしかしたら、起きたついでに別の企みを実行しようとしているかもしれない。……十分に、気をつけるがいい」

え？　と利壱は顔を上げた。

険しい顔の重兵衛の隣に、心配そうな松乃枝の顔が見えた。

「楼主は、もう利壱どんを助けてあげることはできぬと、そう申しているのでござんすよ」

「助けるって、一体どういうことですか？」

「於豊さんの行動は、誰にも予測することができんせん。張りと意地が売りの吉原娼妓を、あねえな見世物のように扱うなんて……。まして、廣川のご隠居も一枚嚙んでいるなら、尚更のことにござんす。また利壱どんが騒動に巻き込まれることがあるやも……」

　ゆえに気をつけなんし、と松乃枝は言った。よく考えて行動しなんし、と。

　冗談かと思った。もしくは脅されているのかと思った。

　けれど、重兵衛と松乃枝の真剣な表情から、これは本当に忠告なのだと利壱は理解した。

　何だか分からないが、利壱は急に不安になった。まるで自分が隅田川に突き落とされてしまったような錯覚を覚えた。

　このままだと、どんどん深みにはまっていく。覚悟を決めなければ、絶対に浮上することはできない。

　赫鯨楼を後にした利壱は、ふと、長春楼のほうに目を向けた。

　船団の中央、寿々花の部屋がある花艇の窓は閉まっていて、中の様子を見ることはできない。

　――はたして於豊の策略なのか、それとも……。

　何が何だか、利壱には訳が分からなくなった。

　それと同時に、久しく会っていない瑯月のことが、酷く心配に思われた。

第五話　水に燃え立つ蛍のごとく

吉原遊郭が隅田川に移ったことで、大きく形を変えた年中行事がある。

その代表が『八朔《はっさく》』だ。

御一新前より、毎年八月一日になると、娼妓たちは白無垢に身を包んで花魁行列をし、芸者衆は男装をして寸劇を見せる。これは八月一日に徳川家康が江戸入りをしたことにちなみ、武士たちが白帷子に長袴で登城する『八朔御祝儀』を真似た、いわば仮装行列のようなものだが、いつもと違う趣向に客は喜び、白一色に染められた吉原の景色を『八朔の雪』と言って褒めそやした。

花魁行列のなくなった現在、各見世は白絹で作った造花で花艇を飾る。雪をかぶったように飾るのが特徴で、まさに『八朔の雪』そのものを演出する。娼妓が白い着物を身にまとうのは今も変わらずで、吉原全体が触れては溶ける雪そのものになりきるのだ。

かつては男の客しか見ることの叶わなかった『八朔の雪』も、今では女子供に至るまで、隅田川の土手から楽しむことができる。だから、どの見世も競い合う。八朔で競い負けることは、東京中に恥をさらすことと同じになるからだ。

とはいえ、どれだけ競い合っても、やはり華やかさは見世の規模に比例する。単純に優劣をつけるなら、その筆頭にいるのは常に大見世の赫鯨楼だ。

しかし、それも去年までのこと。今年は少しばかり情勢が違う。

今年は、中見世の長春楼が著しい追い上げを見せているからだ。

「今年の長春楼はいつもと違う。どうやら、造花に金箔や銀箔をあしらった白絹を使用するそうだ」

「赫鯨楼のほうは、舶来製のレースと白絹を使うと聞いたが」

「長春楼は、八朔の目玉として、常処女太夫の貸し切りを終わらせるつもりらしい。廣川のご隠居に話をつけてるって噂だよ」

「そうなりゃ赫鯨楼も黙っちゃいないだろう。きっともっとデカい目玉を用意するはずだ」

八朔まであと一か月ともなると、嘘とも真ともつかぬ噂話が吉原雀の間を飛び交う。


そんな騒がしい吉原を、利壱は暇を請うて抜け出した。

瑯月のある噂話を耳にしたからだ。

利壱が吉原の外に出たのは久しぶりのことだった。しかも、浅草より遠くに行くのは数年ぶり。小さな紙片に書かれた瑯月の住所を探しながら、利壱は両国へと向かう。

両国は浅草と並ぶ繁華な街だ。しかし趣は異なり、どこか怪し気な見世物小屋が目につく。浅草六区の興行街よりも更に雑多に見えるのは、利壱の気のせいではないはずだ。

道行く人に尋ねながら歩くと、少し開けた場所に夕風環のいる朝日奈一座の小屋が見えた。

道中で見た見世物小屋とは、あきらかに規模の違う興行小屋だ。流石当代きっての人気奇術師だけあると利壱は思う。

その朝日奈一座の脇を抜けて、少し裏手を進むと、長屋が多く並ぶ古い住宅密集地に出た。その一番奥にポツンとたたずむ一軒家が、瑯月が住む借家だという。

「ごめんください」

利壱は玄関の引き戸を引いた。玄関に鍵は掛かっておらず、ほのかな絵の具の匂いが利壱の鼻腔をくすぐった。

「ごめんください」

もう一度声を掛けるが、しかし返事はない。

留守なのだろうか。

いったん引き上げるべきかとも考えたが、瑯月がいつ帰ってくるか分からない。利壱はとりあえず玄関を出て、犬走りを伝いながら裏口のほうに回った。

裏手には三坪程の小さな庭があり、そこに置かれた物干し台には、絵の具に汚れた手ぬぐいがはためいていた。

風が強く、その手ぬぐいに気を取られていた利壱だが、ふと、物干し台の足許に誰かが横たわっていることに気が付いた。

四肢を放り出す薄汚れた影。

利壱は目を疑った。その影こそ瑯月だったからだ。

「啓ちゃん！」

咄嗟に、利壱は呼びなれた名前を呼んだ。

抱えるように起こすと、瑯月は虚ろな目で利壱を見上げた。役者跣と言われた美しい顔には無数の虫刺されがあり、強い酒のにおいが鼻を突いた。

「……ああ、利壱か……」

どんよりとした声で言うと、瑯月は利壱の手を離れ、しどけなく物干し台の脚に身を委ねた。

瑯月は裸足だった。シャツの胸元はだらしなくはだけており、そこも虫に刺されている。

「酔ってるのかい？」

利壱の問いに、「ああ」と瑯月はうなずいた。

「昨夜は飲み過ぎた」

「こんな酔い方をする奴だなんて知らなかったよ」

「だから言っただろう、昨夜は飲み過ぎたんだって。飲んで、暑くて、寝苦しくて、だから外で寝たんだよ」

ところどころ呂律がおかしい。まだ酔いが醒めていないようだ。

瑯月を室内に運ぶのは難しいと考えた利壱は、「入るよ」と言って勝手口の戸を開け、台所にあったヤカンにたっぷりの水を汲んだ。それを外に運び、口を半開きにしたままの瑯月に強引に飲ませた。

いきなり口内に水を注ぎこまれた瑯月は、ゴボッゴボッと噎せながら水を吐いた。

それでも利壱は手を止めない。続けざまにヤカンの蓋を取ると、瑯月の顔面めがけて水をぶちまけた。

「り、利壱！　この野郎！　馬鹿か、お前は！」

「馬鹿でも何でもいいよ。しっかりしておくれよ、啓ちゃん」

噎せながら睨み付ける瑯月の傍に、利壱はヤカンを置いた。

瑯月はそのヤカンの取っ手をつかむと、「何が言いたいんだよ！」と、壁に向かってヤカンを投げつけた。

まるで爆弾が破裂したかのような大きな音が辺りに響いた。それでも怯むことなく、利壱は瑯月をじっと見つめる。

「……俺、噂で聞いたんだ。啓ちゃんが、毎日のように廣川のご隠居の所に通ってるって。本当なのかい？」

一瞬、瑯月の動きがピタリと止まった。が、やがて水を払うかのように頭を掻きむしると、小さな声で「本当だ」と答えた。

「どうして、そんなことを？」

「……誤解だと、あのジジイに言いたかったんだ」

寿々花の貸し切り状態が続き、まるで晒し者のような扱いを受けていると知った瑯月は、矢も楯もたまらず、社交場で知り合った人間から廣川の住所を聞き出した。廣川は息子世帯から離れ、深川の別邸で数人の奉公人とともに呑気な隠居生活を送っているという。

すぐさま、その別邸に乗り込んだものの、最初のうちは会ってもらえず、奉公人から冷たい門前払いを受けた。それでも瑯月は根気よく足を運び、ようやく話を聞いてくれるようになったのは、ここ十日程のことだという。

「それで、廣川のご隠居は話を信じてくれたのかい？」

「信じる訳ねえだろう」

吐き出すように、瑯月は言う。

廣川が話を聞いてくれるようになった当初は、廣川が誤解しているようなことはないと、つまりは、双方に恋愛感情などないと瑯月は説明した。

しかし、廣川は納得しない。それでも瑯月は、連日粘り強く説明を繰り返した。

すると、数日経ったある日、急に廣川が「寿々花の貸し切りを終わらせてもいい」と言いだした。「ただし、本当のことを言うならば」と。

「……それで、どうしたんだい？」

「悩んだけど、貸し切りを終わらせてくれることを約束してくれるならばと、話したさ。『本当は、寿々花の紅を奪った』って。でもそれは、俺が寿々花に一方的に焦がれていて、無理矢理やったことだって」

瑯月は小さな嘘をついた。けれど、それは、瑯月にできる精いっぱいのことだった。

しかし、その程度の嘘に気付かない廣川ではない。廣川は「嘘つきに約束を果たす義理などない」と、瑯月を鼻で笑った。

「お手上げじゃないか」

「ああ、普通ならそう思うだろうな。でも……実はまだ、利壱にも話していないことがあったんだ」

そう言うと、瑯月は呼吸を整えるように大きく息を吐いた。そして小さな声で「しづ」とつぶやいた。

「え？」

「至都《しづ》。……寿々花の、本当の名前だ」

その瞬間、思わず利壱は「啓ちゃん！」と声を張り上げた。

「なんでそんなの知ってるんだよ！　娼妓は出自を隠さなきゃいけないって、だから廓言葉と源氏名があるんだって、啓ちゃんだってよく知ってるじゃないか！」

「ああ分かってるよ！　そんなもん、俺だって百も承知だ！　でも、知りたかったんだよ！　『寿々花』は大勢の男の物だけど、『至都』は俺だけが知ってるって、誰にも奪われない俺だけの物だって、あの時はそう思いたかったんだよ！」

けれど、もうどうすることもできない。

結局、瑯月は『至都』を廣川に差し出した。誰にも教えてはいけない本名を強引に聞き出したと、そして唇を奪ったのだと、そう繰り返して。

「それで、ようやく廣川は、近いうちに寿々花の貸し切りを解いて、普通の娼妓として一番に買ってくれると約束をしてくれた。それが十日目のこと。つまり、昨日だ」

そう言うと瑯月はゆらりと体を起こした。その動きは緩慢で、魂が抜け出てしまっているのではないかと思えた。

卿月は、ずるずると足を引き摺るように勝手口のほうに歩いていく。

「これで寿々花の貸し切りは終わる。もう三文新聞にデマを書かれたり、晒し者みたいに白い目で客に見られたりすることもなくなるだろう。しかも、最初の客は廣川だから、寿々花が正真正銘の未通娘で、吉原のしきたりを破ってなかったってのも証明できるはずだ。万事うまくいった。万々歳だ。でも……」

卿月の体が大きく揺れた。利壱は慌てて手を伸ばし、その不安定な体を支えた。

利壱の腕に、ずしりと重みがのしかかる。その重みは、卿月の苦しみそのものだった。

卿月は泣いていた。

「寿々花が俺の物にならないことくらい、ちゃんと分かってるんだ。しかたないって……どうしようもないって……でも……つらいんだ。どうして俺は、あのヒヒジジイに、惚れた娘を抱いてやってほしいって頭を下げなきゃならねえんだろうなあ……」

利壱は何も答えられなかった。

寿々花と卿月、ふたりの立場を考えれば、それはしかたのないことだ。しかし、それを言ったところで何の慰めになるだろうか。現実を変えることなどできないというのに。

「ごめん、啓ちゃん。俺がしくじったから……俺が廣川のご隠居をうまく言いくるめることができなかったから……」

「利壱のせいじゃねえよ」

卿月はこぶしで涙をぬぐった。それでも涙は止まらない。

利壱は瑯月を支えたまま勝手口を入り、上がり框に瑯月を座らせた。

散らかった部屋から乾いた手ぬぐいを探し出し、とりあえずビショビショに濡れた頭を拭いてやる。気持ちを落ち着かせるために、まずは風呂でも焚いてやったほうがいいのだろうか、それとも寝間着に着替えさせて布団に入れるかと利壱なりに考えていると、不意に瑯月が、念仏のように何かをつぶやいた。

「……てえ……死にてえ……死に、てえ……」

一瞬、利壱は自分の耳を疑った。

「なんてこと言うんだよ！」

しかし、瑯月のつぶやきは止まらない。

思わず、利壱は瑯月の体を突き飛ばした。瑯月は土間の三和土《たたき》にゴロゴロと転がり落ち、無様に四肢を放り出す。

「だってよぉ、情けねえじゃねえか。俺が至都に惚れたばかりに、こんなことになっちまった。俺はもう、死んで詫びるしか……」

「何言ってんだよ！　それじゃあ、啓ちゃんは、寿々花さんの気持ちは考えたことあるのか？　死んで詫びられた相手の気持ちはどうなってもいいっていうのか？」

「な、何だよ、急に……」

「俺は死んで詫びられたことがあるんだよ！　死んでほしくなかったのに！」

利壱の脳裏には、一緒に吉原大火を逃げた竹三郎の姿があった。

家族を失ったのは竹三郎も同じなのに、収容された浅草の小学校で、竹三郎はずっと利壱に詫び続けていた。体を衰弱させ、食事ものどを通らなくなる程に。

けれど、利壱はそんな詫びの言葉などいらなかった。

ただ、傍にいてほしかった。

生きて、傍にいて、そして傷ついているのは一緒なのだと理解してほしかった。

「死にたいなんてのは、寿命のある奴だけが言える贅沢なんだよ。だから、簡単に死にたいなんて言うなよ。それより、もっと寿々花さんの気持ちを考えてやれよ。本当に惚れてるなら、しぶとく生きて、寿々花さんのために絵を描いてやれよ」

瑯月が苦しんでいるのと同じだけ、きっと寿々花も苦しんでいる。

それならば、瑯月は死にたいなんて口にしてはいけない。たとえ近くに行くことが叶わなくても、その思いを分かち合ってやらなければならない。

だからこそ、瑯月は強く生きるべきなのだ。

「寿々花さんは、何も言わなかったんだよ」

利壱はこぶしを握り締め、感情的になる自分を抑えた。瑯月に、自分の言葉をしっかりと理解してもらうために。

「寿々花さんは、啓ちゃんに唆されたんだろうって、そういえば楽になるって、いろんな人に言われてた。でも、違うって答えてた。啓ちゃんとは何もなかった、だから啓ちゃんを責めるようなことは言わないでほしいって、ずっと啓ちゃんのことを庇ってた。あの人が水ものどを通らない程苦しんでるのは、啓ちゃんのことを思っているからだ。啓ちゃんが誰かに傷つけられているんじゃないかと、心配しているからだ」

同じなんだよ、と利壱は繰り返した。啓ちゃんも寿々花さんも同じなんだよ、と。

瑯月はゆっくりと体を起こした。そして「悪かった」と利壱に頭を下げた。酔いも醒めたのだろう、三和土に落ちた手ぬぐいを拾い、涙に濡れた自分の顔をゴシゴシとこする。

ようやく利壱は安堵した。けして大団円とはいえないが、すべてが収まるところに収まったと思った。

瑯月は絵を、寿々花は娼妓を続ける。今すぐは無理でも、遠い未来にもしかしたら……ということがあるかもしれない。そう、希望がないわけではないのだ。

けれど、現実は簡単に希望を裏切った。

両国から帰ってから数日後、吉原で働く利壱の耳に、信じられない話が入ってきた。

それは、八朔に、廣川が寿々花を身請けするというものだった。

身請けとは、見世から娼妓を買い取り、吉原での稼業をやめさせることをいう。吉原での稼業をやめさせるということは、娼妓の身を自由にするということ。

これは御一新前、娼妓が遊女と呼ばれた時代から続く制度である。

しかし、明治九年に施行された淫売罰則には、娼妓解放令に基づいた『廃業の権利』があり、娼妓は自由に廃業を申し出ることができるものとある。こういった法律があるのなら、見世側に支払いなどしなくても吉原を出ることができるのではないかと思うが、実は、この『廃業の権利』にはからくりがあった。娼妓が廃業を申し出ても、見世の楼主はそれを拒否することができたからだ。

廃業届には娼妓と楼主双方の署名が必要であり、これがなければ廃業ができない。そのためには楼主が納得できる程の大金を一括で支払う必要があり、裏を返せば、その大金を用意できるのは大金持ちのお客だけだったのだ。

つまり、淫売罰則とは、娼妓は人身売買ではないと定義付けるためだけの、形式的な法律だったのである。


「ボケちまったのかなあ……」

番人船の船室。

昼食の味噌汁をすする利壱の横で、同じく昼食をとっていた朋輩がポツリとつぶやく。

「誰のことだい？」

「廣川のご隠居のことだよ」

膳の上に箸を置いた朋輩は、満腹になったのか、ゲフウ……とひとつ、大きなおくびを漏らしながら言った。

「だって、そうじゃねえか。正真正銘の初心と水揚げをしたいとか、自分は登楼もしないくせに何か月も娼妓を貸し切りにするとか、挙句の果てに、その娼妓を大枚叩いて身請けするとか言うんだぜ？　こりゃとても正気の沙汰とは思えねえだろ」

確かに朋輩の言う通りだ、と利壱も思う。

だからこそ分からなくなる。廣川は、寿々花を一体どのようにしたいと考えているのか。

「……廣川のご隠居は、寿々花さんを身請けした後、簡単に捨てたりしないよな？」

「それはないだろう。身請け証文についた判が偽りになっちまう」

身請け証文とは、こちらもまた御一新前からある物で、娼妓を身請けする際に書く誓約書のことである。この証文で、身請け人は娼妓の生活すべてを保証することを約束させられる。これは、身請けした娼妓を別の見世で働かせないための措置で、この証文を破ることは、すなわち社会的信用を捨てたのと同義なのだ。

身請けされた娼妓は、買った客の妾になるのがほとんどだという。まれに正妻として娶られることもあるが、廣川と寿々花の年齢差を考えれば、その可能性は低いだろう。

「寿々花さんは妾にされるのかな……」

「まあ、そう考えるのが普通だろうなあ。ご隠居も、寿々花がツバキだった頃は結構可愛がってたって話だし。とはいえ、廣川のご隠居は普通の人間じゃないからな。何か違うことを企んでいるかもしれない」

「何か違うことって、何だよ」

「それが分かるようなら、俺だって今頃は廣川のご隠居並みの大金持ちになっているだろうさ。そういえば利壱、お前、知ってるか？　廣川のご隠居ってさ、若い頃は吉原の芸者にまで手を出したことがあるそうだぜ」

「ああ、そういえば、そんな話を小柴さんから聞いたことがあるなあ」

地獄の沙汰も金次第、とはいうが、廣川は万事がそれのようだ。若い頃には芸者を金でどうにかし、今度は娼妓を未通娘のまま身請けする。吉原の御法度など、廣川の前ではあってないようなものなのだ。

——瑯月は、どうしているだろうか。

ふと、利壱は考える。

瑯月のことが心配でたまらず、もう一度暇がほしいと請うた利壱だったが、その願いはすぐに却下された。八朔が近いということもあり、それでなくても四郎兵衛会所は人手不足なのだ。これ以上の暇は許されない。

利壱は茶碗に注いだ白湯で箸先を洗うと、朋輩と共に仕事に戻った。

猪牙舟を繰り、渡舟場の方向に向かう。と、その途中で擦れ違った花艇から「利壱どーん」と大きな声で名前を呼ばれた。

長春楼の於豊だ。

「何ですか？」

猪牙舟を寄せながら、利壱は聞く。すると於豊は、どこか福々しい顔で「使いを頼みたいのでござんすよ」と言う。

「夕刻の四時になったら、今戸の渡舟場に行って、廣川のご隠居を乗せて来てくんなまし」

「え？」

噂をすれば何とやら。しかも、その相手はできるだけ会いたくない人間だ。

「あ、あの、その時間帯でしたら、俺以外にも多くの番人が渡舟場辺りにいますので、わざわざ予約しなくても」

「それが、利壱どんに来てほしいと、廣川のご隠居が」

なんてことだ。利壱の背中を、たらりと脂汗が伝う。

あえての指名ということは、きっと今日、何かが起こる。そして、以前松乃枝が言った通り、利壱はそれに巻き込まれる。

しかし、逃げる訳にはいかない。利壱は腹をくくり、「分かりました」と答えた。

昼から夕方まではお客より見世に品物を卸しに来る商人——呉服商や小間物屋、魚屋に八百屋など——が多い。それらを見世まで送り届けつつ、利壱は約束の時間を待つ。

「番人さん、元気がないね」

ふと、猪牙舟に乗ったお客が利壱に声を掛けた。

「いつもは、もっとハキハキしているじゃないか。疲れてるのかい？」

「え？　あ、すみません」

「いや、まあ、こっちとしては見世まで送ってもらえればいいんだから、別に構わないんだけどね。でもさ、ちょっと心配になってくるじゃないか。お前さんくらいの若い番人が疲れてるとなると、四郎兵衛会所の仕事はちゃんと回ってるんだろうかとね」

利壱は苦笑いを浮かべ、「それは大丈夫です」と答える。

「疲れていると言っても、八朔が近いので、いつもより少しばかり神経が張ってるだけです。それに、この程度で仕事を回せないようじゃ、番人は務まりませんよ。……ところで、今、何時ですか？」

「三時二十五分だよ」

ほら、とお客が自分の懐中時計を利壱に見せる。

少し早いが、そろそろ渡舟場に向かったほうがいいだろう。利壱はお客を花艇に下ろすと、今戸の渡舟場に向けて櫂を漕いだ。

頭の中に、しわだらけの廣川の顔が浮かんだ。

たるんだ瞼の下からのぞく、あの隙のない眼光。あの目は、吉原の――いや、瑯月と寿々花の何を見ようとしているのだろうか。この街を混乱させたいのか、もしくは若い男女の恋心を踏みにじって遊びたいのか、それとも……。

胃の腑がキリキリと痛んだ。いずれにしろ、利壱がうまくやらなくてはいけない。しくじれば、きっと周りに迷惑を掛けることになる。

そうこう考えているうちに、今戸の渡舟場が見えてきた。

渡舟場の桟橋の所には、既に数人のお客が並んでいる。本来なら先頭にいるお客から乗せなくてはならないのだが、利壱には予約が入っている。迷惑にならないよう、桟橋から少し離れた所で停泊しながら待っていると、程なく一台の人力車が現れた。

廣川だ。

いつもは羽織袴が多い廣川だが、今日は珍しく麻の三つ揃いでめかしこんでいた。もしかしたら、どこかへ出掛けた帰りなのかもしれない。撫でつけた白髪頭にわずかの乱れが見える。

廣川が利壱に気付いた。利壱は会釈をし、猪牙舟を桟橋に近付けた。と、その時。

「廣川のご隠居！」

何者かが物陰から飛び出した。

思わず利壱は目を瞠った。

それは瑯月だったからだ。

「話をさせてください！」

瑯月が廣川の二の腕をつかんでいる。それを見る渡舟場の客の目が、好奇に光って見えた。

まずい。どうにかしなくてはならない。

利壱は慌てて櫂から手を離した。そして係留柱に縄を掛けると、勢いよく桟橋に飛び降りた。

しかし間に合わない。人力車の車夫に羽交い締めにされた瑯月は、力任せに廣川から引き離された。

それでも瑯月は怯まない。「約束が違う！」と、尚も廣川に食い下がる。

「寿々花を普通の娼妓にしてやると、あの時、そう約束したじゃないですか！」

すると、廣川は鼻頭にしわを寄せ、「小僧が」と、瑯月を馬鹿にするように鼻で笑った。

「では聞くが、お前の言う『普通の娼妓』とは何だ？　毎日飽きることなく男に抱かれ、やがて年増になって客がつかなくなり、末は第二吉原に堕ちて鉄砲女郎になるまでが普通の娼妓か？　お前は、寿々花にそうなってほしいと望んでいたのか？」

「そ、それは……」

「無論、それが望みならそうしてやってもいい。だが、その足りない頭でよく考えろ。第二吉原に堕ちていくのも『普通の娼妓』だが、客に身請けされるのも『普通の娼妓』だ。儂は何ひとつ約束を違えてなどおらぬ。そうではないか？」

言いながら、廣川はじっと瑯月の顔を見た。苦渋に満ちた瑯月の顔を。

「……気に入らぬ。お前の、その顔が気に入らぬ」

え、と瑯月は廣川を見つめ返した。

「そういえば、お前は真木楼の倅だったのう。『女も裸足で逃げ出す花のかんばせ』と耳にしたことがあるが、確かに、見れば見る程小菊によく似ておる。しかしながら男にしては腑抜けた面構え。それにもかかわらず、手前の容姿に胡坐をかくとは小面憎い……」

するとは廣川は、手にした杖でコン、と地面をたたいた。「お前、その顔を地面に擦り付けることができるか？」

遠巻きに見ていた全員がざわついた。

利壱が「ご隠居、おやめください！」と止めに入るが、聞く耳を持たない廣川は、更に杖でコン！　コン！　コン！　と、強く地面をたたいた。

「よいことを思いついた。お前が顔を地面につけることができたら、ひとつ、よい提案をしてやろう。ほれ、儂に泥だらけの顔を見せてみい」

「………………」

「できぬか？　まあそれでもよいわ。話は終わりだ。早々にここから去ね」

廣川が背中を向ける。

と、次の瞬間、やにわに卿月の上半身が揺れた。卿月は勢いよく膝を折ると、まるで土下座でもするような格好で、思い切り額を地面に擦り付けたのだ。

周囲の空気の変化に気付いた廣川は、視線を下げながらゆっくりと振り返った。そして、ほう……と満足そうな感嘆の声を上げると、四つん這いになった体を支える卿月の腕を、杖の先でコツンとたたいた。

「顔を見せてみろ」

地面に手をついたまま、卿月が顔を上げる。

卿月の顔は真砂土と小さな砂利にまみれており、額には、薄っすらと血が滲んでいた。

しかし、廣川を見上げる瑯月の眼光は鋭く、地に額をつける屈辱よりも、その先にある何かを見据えているようにも感じられた。

「ほう、いい面構えになったではないか」

廣川は、ニヤリと満足げに口の端を上げた。

利壱は手を差し伸べ、瑯月を立ち上がらせようとした。しかし廣川は許さない。瑯月を見下ろしたまま、「お前の根性に免じて、約束の『提案』をしてやろう」と言う。

廣川は、おもむろに腰を屈めた。そして老人とは思えぬ力強さで瑯月の胸ぐらをつかむと、耳元にしなびた口を寄せ、二言か三言、何かを囁いた。

「……え？」

瑯月の顔色が変わった。

何を言ったのか、誰にも分からない。一片の言葉でも聞き逃すまいと観衆が息を呑んで見守る中、廣川はニッと口の端を上げながら言った。

「その腑抜けた頭で、しっかりと考えろ」

そして、「少しは儂を楽しませてみせろ」と。

呆然とする瑯月を包囲するように、状況を理解できない観衆のざわめきが大きくなっていく。

しかし、廣川は何事もなかったように利壱に視線を向けると、クイッと顎をしゃくってみせた。猪牙舟を出せと言っているのだ。

慌てて利壱は猪牙舟に戻ると、廣川を乗せ、係留柱の縄を解いた。

ゆっくりと櫂を漕ぐ。渡舟場が遠ざかっていく。

廣川は厳しく口を噤んだまま、何も言わない。不気味な程に無表情だ。隅田川の水音だけが、急き立てるように耳に響く。耐え切れず、利壱が先に口を開いた。

「あの……一体何を仰ったんですか？」

するとと廣川は、ピクリと何かに反応するように眉を動かした。そしてわずかの逡巡の後、まるで囁くように小さな声で「……あしぬけ」と答えた。

「あし……」

復唱するように言いかけて、慌てて利壱は口を噤んだ。

廣川が言った「あしぬけ」とは『足抜け』であり、つまり『逃げ出す行為』のことだ。吉原における足抜けとは、当然ながら娼妓が出奔することで、今も昔も禁忌中の禁忌とされている。まして、今は娼妓ひとりひとりが国に管理されている時世だ。娼妓が廃業届を出さぬまま足抜けをするのは、法的に罪を犯したのと同義になるのだ。

「あの……ご隠居は、お戯れで仰ったんですよね？」

おそるおそる利壱は聞く。すると、廣川の眉尻がピクリと動いた。

「戯れとは、どういう意味だ？」

「いえ、その、身請けの日が近いのに足抜けなんて……」

「正気じゃないと言いたいのか？　ふざけるな。儂は本気だ」

ふん、と吐き捨てるように廣川は言う。「儂は、彼奴の根性に免じて、本気で提案してやったのよ。足抜けに成功したら、お前に寿々花をくれてやるとな」

　廣川は語る。寿々花の身請け話が決まってからというもの、瑯月は何度も廣川の別邸に通い、話がしたいと訴えていたのだという。しかし、廣川はそれを無視した。すると瑯月は、とうとう吉原まで廣川を追い掛けてきた。

「さて、あの野次馬の中に、どれだけの吉原雀が潜んでおったかな。まあ、こっちが焦らんでも、じきに三文新聞の記者どもが妄想の駄文を書き連ねるだろうが」

「……もしかして、それが狙いで、わざと瑯月を無視していたんですか？」

「当然じゃ。彼奴が今戸の渡舟場に追い掛けてくるのも計算済みのこと。ああ、気分がいいわい」

「なんで、そんな」

　すると廣川は、にやりと口の端を上げ、「ちょっとした遊びよ」と言った。

「お前は、『わが恋は水に燃え立つ蛍々　物言はで笑止の蛍』という歌を聞いたことがあるか？」

「……いえ」

「閑吟集のひとつさ。『水』は『見ず』で、『蛍』は『火照る思い』にかかる。つまり、会えないからこそ思いが募るという歌でな。ほれ、ちょうどあやつらのようではないか。それを儂がちょいと弄んで、他人の不幸は蜜の味に変えてしまったと言えば、学のない番人の小僧でも理解できるかのう？」

意地の悪い廣川の言葉に、思わず利壱は押し黙った。

廣川は、ふふふ、と愉快そうに笑い、遠くを見つめた。その視線の先には無数の花艇が停泊しており、炊事船からは男衆が煮炊きする飯のにおいが仄かに漂ってくる。

長春楼は、まだ遠い。無言のまま、利壱の猪牙舟は進む。

「……吉原は、すっかり変わってしまったのう……」

不意に廣川がつぶやいた。

「あの頃は、吉原がこんなことになるなんて思いもしなんだわい」

どこか感傷的な廣川の声音に、利壱は訝しむように視線を向ける。

――廣川の言う『あの頃』とは、一体いつのことなのだろうか。

利壱の視線に気付いた廣川が、コホンとひとつ、小さな咳をした。そして、まるで取り繕うかのように、「さて、番人の小僧よ。お前の名前は？」と聞く。

「利壱と申します。……あのう、俺の名前をご存じだから、ご指名をなさったのでは？」

「儂は『三浦瑯月の一件に絡んでいる番人』と申した。番人ごときの名前など、いちいち覚えてはおらん」

何とも廣川らしい言い草だ。

利壱は、前方に視線を向けた。長春楼は向こう岸のほうに停泊している。どうして廣川が利壱を指名したのかは定かではないが、理由は長春楼に到着するまでに分かるだろう。

川の中程まで来ると、急に周囲に花艇がなくなった。不意に廣川が「止まれ」と声を上げる。

さて来たぞ、と思いつつ、利壱は櫂を漕ぐ手を止める。わざわざ指名してきたことを鑑みれば、利壱にとってはここからが本番だ。

廣川は深いしわの隙間から視線を動かし、周囲を見回した。そして、ここでの話が他人の耳に届くことがないであろうことを納得すると、「お前は、吉原生まれの吉原育ちと聞いたが」と話を切り出した。

「もしや、あの絵描きと同じ娼妓の倅か？」

「いえ、親は揚屋町で菓子屋を営んでいました。月見屋という店です」

「月見屋……というと、花林糖が名物の店か。懐かしい名前だ。あれは儂も食うたことがある。当時は、東京一の美味さと評判だったからのう」

ありがとうございます、と利壱は頭を下げた。

そして改めて利壱は廣川の目を見た。

廣川もまた、利壱を見ていた。威圧するでもなく、見下すでもなく、ただただ真剣に。

「……儂は、長春楼の於豊以外にも、吉原の楼主たちと付き合いがあってな。さっきは番人の名前など覚えておらんと申したが、お前のことは楼主たちから聞き及んでおるし、その誰もが、お前を信用に足る番人だと申しておる」

「四郎兵衛会所の番人に、信用できない人間などひとりもおりませんよ。そうでなければ、この仕事は務まりません」

「無論そうであろう。しかし、善悪の基準とは曖昧なものだ。一方で善と思うても、他方では悪となることがある。基準を国の法に任せてみても、施行から日の浅いものは個人の解釈次第でどうとでもなるしのう。違うか？」

「それは、確かにご隠居の仰る通りです」

「吉原には、日々有象無象の男どもが押し寄せる。それゆえに、番人の裁量というものが問われる。どの店も、厄介者を運んでこられては困るからの。お前は歳こそ若いが、その裁量加減に信頼がおける。儂と懇意にしている楼主たちは、口を揃えてそう申すのだよ」

そこまで言うと、廣川はいったん口を閉ざした。そして何かを探るように、ゆっくりと口を開いた。

「……お前が、儂を猪牙舟に乗せる理由は何だ？」

「え」

利壱は面食らった。廣川は、一体何を聞きたいのだろうか。

「答えられぬか？」

「いえ、そうではなく、ご隠居の仰る意味がよく分からないのです」

すると廣川は笑いながら、「お前が儂を吉原の客に相応しいと思う理由は何だ、と聞いているのだ」と言った。

「四郎兵衛会所の番人の中には、儂が金を持っているからと、昔からの馴染み客であるからと、そういう理由で猪牙舟に乗せる者もおるだろう。しかしながら、本来はそうであってはいかん。ならぬものはならぬと、己の裁量で言える人間が番人でなくてはならないのだ。だからこそ、お前に問う。お前は、なぜ儂を猪牙舟に乗せる」

「それは……」

利壱は逡巡した。――が、すぐに「ご隠居は、ご自分で後始末ができる方だと思うからです」と答えた。

「この世には、しくじりを犯さない人間など存在しません。誰だって、大なり小なりのしくじりを犯しながら生きています。問題は、そのしくじりの始末をどうつけるかです」

「ほう」

「始末のつけかたは人それぞれです。市井では知らん振りや他人任せにする者もおりましょうが、しかし登楼を許された吉原の客であるならば、やはりそれに相応しい方法で始末をつけるべきだと、俺は思います。相手の情に訴える謝罪だったり、財力や権力に物を言わせるなど、その方法は時と場合にもよるでしょうが、ご隠居は、必ずやいずれかの形で始末をおつけになるのではないかと」

「なるほど。しかし、情に訴える謝罪はともかく、財力や権力に物を言わせた始末のつけ方というのは、非道だと思わんのかね？」

「普通であれば、それは非道といわれるでしょう。けれど、ここは吉原です。法律で禁じられた体をひさぐ行為が、ここでは法律のもとに許されています。詫び料の名目で大枚を支払うのも、己の持つ権力で阿漕に引き立ててやるのも、ここでは何ら非道なことではありません。むしろ、情に訴える謝罪よりも正しい始末のつけ方かと思っています」

「……そうか」

廣川は満足そうにうなずいた。

利壱は番人として当然のことを言っただけのつもりだったが、どうやら廣川のほうがそうでなかったらしい。「なるほど、楼主どもの言う通りだったわい」とつぶやくと、おもむろにコン、と船底を杖の先でたたいた。

「今日の番人船の詰め番は誰だ？」

「え？　小柴さんですが」

「ほう、あいつか。あいつなら青二才の頃から知っておるからの、話をするのに都合がいい」

利壱は思わず首を傾げた。廣川が何をしようとしているのか、まったく想像がつかない。

そんな利壱に、廣川は「いったん長春楼に立ち寄り、儂と於豊を乗せて番人船へ行け」と命じる。そして、「お前の言う通り、儂に相応しい始末のつけ方をせねばならん」と言う。

「始末って……あの、どういうことでしょうか」

「ええい、待て。まあそう急くな。長い話になるからのう」

そう言うと、廣川はまた周囲を見回した。

利壱の猪牙舟の傍には船も人の影もなく、ただ隅田川のせせらぎだけが単調に耳に響いている。

廣川はわずかに上体を屈めると、「ここからは他言無用じゃ」と念を押すように利壱に言った。

そして、ぽつ、ぽつ、と、信じられないような話を語り始めた。

利壱が瑯月のもとを訪れたのは、その日の夜のことだった。

出迎えた瑯月は、利壱の突然の訪問に、酷く驚いたような顔をしていた。

「どうせあれから何も食べてないんだろう？　通りの屋台で焼き鳥を買ってきたよ。一緒に食べよう」

「あ、ああ。……いや、そんなことより、お前、仕事は？」

「休んだ。というか、廣川のご隠居が小柴さんに掛け合って、むりやり俺を非番にした」

ぴくり、と瑯月の頬が引き攣った。しかし利壱は、そんなことを気に留めることもなくズカズカと座敷に上がり込み、勝手に座布団を出して、当然のように腰を下ろした。

「焼き鳥、冷たくなるよ。早く食べようよ」

「い、いや、待ってくれ。今、お前、廣川のご隠居がって」

「うん、俺、ご隠居の使いで来たんだ。詳しいことは食べながら話すから」

そう言うと、利壱は焼き鳥の包みを瑯月に差し出した。

受け取った瑯月は、慌てて利壱の正面に座り、「廣川の使いって、何だ?」と話を急かす。

「寿々花さんの足抜けのことだよ」

一瞬にして瑯月の表情が変わった。

「誰に聞いた?」

「ご隠居本人から」

利壱の言葉に、瑯月は瞠目した。すかさず利壱は、「他の誰も知らない。聞いたのは俺だけだ」と言葉を続ける。

「それで、ご隠居からの言伝《ことづて》だけど」

瑯月はハッと表情を変えて利壱に詰め寄った。利壱はコホンと小さく咳払いをし、

「ご隠居は、身請けの日に、足抜けを決行してもらいたいと言ってる」

瑯月は、にわかには信じられないと言った表情を浮かべた。

「決行って……本当に廣川が言ったのか?」

「そうだよ、成功させるためには手段を選ばなくていいとも言ってた」

「どういうことだ?」

「ほら、俺たちが子供の頃、吉原大門から娼妓が情夫と遁走したことがあっただろう?

あの時は、いろんな所から大勢の警官が出張ってきて、とんでもない大騒ぎになったよな。

でも、吉原が隅田川に移ってからは、そういう大きな足抜け事件なんて一度も起きてない。ご隠居は、あの頃のような刺激と娯楽をほしがっているんだ。だから、卿月に足抜けを成功させてほしいんだそうだ」

利壱はできるだけ冷静な説明を試みたが、卿月は怒りと驚きが入り混じったような、激しくも複雑な表情を見せた。しかし卿月の気持ちを考えれば、それも致し方ないことだろう。たかが一老人の娯楽のために、卿月と寿々花は晒し者のような目に遭っているのだ。怒りを覚えないほうがおかしいというものだ。

それでも利壱は、卿月が納得してくれたものとして、「先に言っておくけど、正面突破なんてのはやめておくれよ」と言葉を続ける。

「長春楼に乗り込んで、寿々花さんと手を取り合って出奔なんて、そんなの駄目だよ。俺たち四郎兵衛会所の番人は甘くない。たとえ顔見知りの人間の犯行だとしても、絶対に手心は加えない。番人は、仕事に命をかけてるんだから」

「……あ、ああ、そうか、そうだよな」

卿月は、口の端を悲しそうに歪ませた。「この件に関しては、俺とお前は敵同士になるんだよな。それなのに、悪かったな。廣川の伝言役なんかさせて」

利壱は答えなかった。代わりに、廣川から受けたもうひとつの伝言について語りだした。

「ご隠居は、この足抜けが失敗したら、寿々花さんを死ぬまで屋敷に閉じ込める、一歩も外に出さないって言ってた」

「え？」

　瑯月の表情が、また変わった。

「ご隠居以外には誰にも会わせず、自分専用の人間玩具にするつもりらしい。文字通り『籠の鳥』だよ。吉原で常処女太夫をするよりも、もっとつらくて窮屈な生活になる」

「待てよ、そんな馬鹿な話があるか？　身請け証文には、娼妓の生活すべてを保証するって誓約があるはずだ。それなのに、今よりつらい生活なんて、そんなの許されると思ってるのか？」

「誓約なんて、所詮は解釈次第なんだよ。金持ちの屋敷で豪華な着物を着て贅沢な食事をしていれば、そこで監禁生活を送っていたとしても違反にはならない。娼妓が何をつらいと思うかなんて、身請け証文には書かれていないからね。……だから」

　利壱は、意を固めるために深く呼吸した。

「……俺、今回は、朋輩を裏切って、瑯月を手伝おうと思う」

「り、利壱！　どうしたんだよ。本気なのか？」

「うん、本気だよ。でも、番人の仕事はやめたくないから、表立つことはしない。俺が瑯月を手引きしていることは、誰にも……ご隠居にも内緒だ」

　すると瑯月は、嬉しそうな、けれど困ったような表情を見せた。

「もし、誰かに見つかったらどうする？」

「そうなってもらっては困る。だから瑯月には、絶対に失敗しない足抜けの方法を考えてもらわないといけない。この足抜けが成功したら、瑯月は寿々花さんと夫婦になるんだ」

「寿々花と……夫婦に」

うん、と利壱はうなずいた。

「そして、俺は何食わぬ顔で番人を続ける。国の法にも、吉原の御法度にも触れずに幸せになるには、俺たちふたりが頑張るしかないんだ」

「……ああ、分かった」

ようやく瑯月の表情が引き締まった。

利壱は満足げにうなずくと、串に残った焼き鳥を一気に口の中に入れ、「それじゃ」と立ち上がった。

「三日後、また来るよ。その時までに足抜けの方法を考えといて。寿々花さんのためにも。頼んだよ」

言うやいなや瑯月の返事を待たず、利壱は玄関を飛び出した。

裏小道を抜け、広い通りに出ると、急に大勢の人の群れに出くわした。どうやら、夕風環率いる朝日奈一座の夜公演が終わったばかりらしい。

生温い風が吹いた。板塀に貼られた広告の右上が剝がれ、バタバタと風に揺れている。

利壱が無意識のうちに広告絵を手で押さえてしまったのは、それが瑯月の描いた物だったからだ。今や三浦一門という名前なしでも人気絵師となった瑯月。広告絵の描き手としても引っ張りだこで、その絵を街角で見掛けないことなどないと言っても過言ではない。

利壱は深く息を吐いた。

──嘘をついてしまった。いや、そうじゃない。本当のことを言わなかっただけだ。自責の念を否定するようにかぶりを振り、利壱は自分自身を擁護する。

言ってはいけない。それは、ご隠居にも厳しく約束させられている。『誰にも言わない』という条件を呑むことで、利壱は足抜けに加担することを許されているのだから。

廣川は瑯月の覚悟を試している。寿々花のために『足抜け』という罪を犯す勇気はあるのか、そして、どう動くのか。

風が止んだ。利壱は、広告から手を離した。

一見、広告はきちんと壁に貼りついているように見えるが、それは気のせいだ。また風が吹けば広告はバタバタとはためき、気が付いた時には右上以外も剥がれて、どこかに飛んでいってしまうだろう。

今の瑯月はこの広告と同じだ。人気絵師として、また三文新聞における醜聞の種として『三浦瑯月』の名を世間にとどろかせているが、ひとたび油断をすれば、あっという間に存在ごと消え飛んでしまうに違いない。

だから、油断をしてはいけないのだ。

不意に風が頬を撫でる。かすかに広告の隅が動いたような気がしたが、けれど今はこんな物に気を取られている場合ではない。

利壱は広告に背を向けた。そして人込みを縫うように、吉原に向けて歩きだした。

第六話　落花流水の情

じりじりと焦げるような日差しの下で、利壱は首に掛けた手ぬぐいで汗を拭いた。

渡舟場では、行李を担いだ職人らしき若い男が、利壱に向かって右手を上げる。

「長春楼まで乗せていっておくれ」

七月中旬。

この頃になると、普段は見掛けない商人や職人が猪牙舟に乗り込む。八朔の設えのために呼ばれた者たちだ。

「重そうな荷物ですね」

どっこいしょ、と荷物を下ろす男に、利壱は声を掛ける。

「何が入ってるんですか？」

「カラクリだよ、カラクリ」

職人にしては愛想のいい笑顔で、男は答える。

「祭りの山車《だし》に載ってる、あの動く人形みたいなヤツだ。この行李に入っているのは、その部品」

「へえ、それはすごい。今年の長春楼は、カラクリを花艇に飾るんですね」

「ああ。ただし、私の師匠が作るカラクリは、普通のカラクリとはちょっとばかり変わっていてね」

「師匠？　ということは、あなたが作った物じゃないんですか？」

「私の師匠は女なんだ。仕事とはいえ、おいそれと吉原に女が足を踏み入れることはできないから、弟子である男の私が設置に来たって訳で」

「女のカラクリ職人とは珍しいですね。まあ、そういう方に依頼するなんて、とても於豊さんらしいと思いますが」

「長春楼の楼主は、女だてらにかなりの商売上手らしいねえ。まだ会ったことはないけれど、きっとうちの師匠と馬が合うだろうよ」

利壱たちの会話は、どうやら隣り合わせた別の猪牙舟の客にも聞こえていたようで、波音のはざまに、どこからともなく「ほう、長春楼の目玉はカラクリか」という微かなつぶやきが聞こえてきた。

この時期になれば、八朔の設えが他の見世にバレたとしても、特に問題はない。おそらく半日もしないうちに、吉原全体に話が回ることだろう。

穏やかな隅田川の流れの中を、利壱はゆったりと櫂を漕ぐ。

不意に男が、「そういえば、常処女太夫の身請けが決まったそうだね」と言う。

「ええ。総仕舞いは、八朔の三日前とのことです。おかげで、八朔前なのに忙しくなりそうですよ」

総仕舞いとは、見世を丸一日借り切って行う祝宴のことである。

娼妓を身請けする時は、必ずこの総仕舞いをしなければならない。総仕舞いの金は身請けをする男が全額負担するのが決まりで、朋輩の娼妓たちにも祝儀を渡さねばならないことから、並の人間では生涯かけても払いきれないような金が必要になってくる。裏を返せば、その金を工面できないような男は娼妓を身請けしてはいけない訳で、これも相手の度量を探る一種の目安となっていた。

「身請けをする廣川のご隠居は派手な目立つことがお好きな方ですから、本当は八朔の日に総仕舞いをしたかったようです。しかし、於豊さんのほうが、流石にそれは無理だとお断りになりまして」

「それで八朔の三日前に？」

「そのようです。於豊さんは一か月なり間を空けたかったようですが、ご隠居は頑固ですから、今回ばかりはかなり妥協されたようで」

「ああ、そうだろうねえ」

ふふ、と男は笑う。「金を払うほうは何だって同じだと思うだろうが、準備するほうには段取りというものがあるからね。金さえ払えばどうにでもなると思われたんじゃ、見世のほうもたまったもんじゃないだろう」

まったくもってその通りです、と利壱はうなずく。

総仕舞いの準備をする長春楼のほうにも面子というものがある。総仕舞いと八朔の設えがまったく同じでは、見世の段取りが悪いと笑われる。それに、八朔が催事なら総仕舞いも催事。折角の儲け時を一度に終わらせてしまったのでは、見世の損失につながってしまう。そこで於豊は頭を捻り、中二日あれば、どうにか設えを変更できると算段した。お陰で、今年の出入り業者の多さは、大見世の赫鯨楼より長春楼のほうが多いくらいだ。

「急な依頼だったから、こっちも必死だよ」

「そうでしょうね」

「番人だって、そうだろう?」

ええ、と利壱は笑う。

猪牙舟は小見世の花艇とすれ違った。ちょうど娼妓とお客らしき男が、舳先で風にあたりながら何やら楽し気に話し込んでいる。

ふと男が、「それにしても、廣川のご隠居というのは酔狂な人のようだね」とつぶやいた。

「三文新聞の記事によると、水揚げの日以来、常処女太夫とは一度も顔を合わせていないそうじゃないか。本当かい?」

「本当ですよ。それは、廣川のご隠居を乗せた番人全員が証言できます」

寿々花の身請けが決まって以降、廣川は何度か長春楼を訪れているが、必ず於豊のいる御内所に入り、そのまま世間話だけして見世を後にしていた。寿々花に会ってないことを証言させるためなのか、廣川は決まって番人を御内所に伴うので、この噂に関しては誰も否定のしようがない。

「かつては大見世の娼妓だったとはいえ、於豊さんはすっかりババアだそうじゃないか。折角吉原に来たんだから、俺ならババアと世間話をするより、若くて綺麗な常処女太夫の小唄でも一節聴きてえところだがね」

「そうしないのが、廣川のご隠居という御仁なんですよ」

「貸し切りにしているのに会わないなんて、いやはや勿体ない話だよ。一体何を考えているのやら」

「深く考えないほうがいいですよ。酔狂な方の考えなんて、理解できるほうがおかしいですから」

なるほどね、と、男はうなずいた。

身請けが決まっても軟禁状態の続いている寿々花ではあるが、しかしまったく人前に姿を現さない訳ではなかった。

四日前、利壱は寿々花の姿を見た。乗せた商人に頼まれ、大きな行李を長春楼に運んだ時のことだった。

行李の中には、白絹で作った大量の造花が詰め込まれていた。重さとしてはたいしたことはないのだが、物が物だけに非常に嵩張る。そこで、その行李は炊事船のほうに積み込まれることになったのだ。

炊事船の一番奥の部屋、通常は行燈などを仕舞う物置として使われている部屋に、利壱も男衆と一緒になって行李を運ぶ。——と、その物置部屋の窓から、ちょうど寿々花の部屋が見えることに利壱は気が付いた。

偶然にも部屋の窓は開いた。更に運がいいことに、中にいた寿々花も利壱の存在に気付いた。

「……！」

寿々花の体が小刻みに動いているように見えた。――いや、違う。寿々花は周囲に気付かれないように、口だけをパクパクと動かしているのだ。

それは、まるで懇願するように。何度も、何度も、利壱が理解できるように。

――ロウゲツ　センセイ　ヲ　トメテ。

今戸の渡舟場で起きた騒動のことは、既に三文新聞などで世間に広まっていた。瑯月が廣川に追い縋ったこと、土下座したこと、そして――その見返りに、廣川が何かを提案したこと。

下世話な三文新聞の記者は、その『何か』についての考察をこぞって書き立てていた。その考察は、廣川が言っていた通り妄想にも等しいものであったが、それゆえに人々の関心を惹きつけた。軟禁状態にあるとはいえ、寿々花の耳に入るのも当然のことといえよう。

瑯月を心配する寿々花の気持ちは痛い程分かる。しかし、利壱は返事をしなかった。

もう瑯月は動きだしている。他でもない寿々花のために。

哀し気な寿々花の顔が、利壱の脳裏にこびりついていた。

利壱の猪牙舟は、無言のまま隅田川の流れに逆らうように進む。

いつもと同じように。

いつもと違う気持ちを乗せたまま。

その日はからりとした晴天で、額に噴き出した汗も不快に感じることはなかった。

——七月下旬の吉日。

利壱たち番人は、いつもと違う心構えで仕事に向かった。

長春楼の総仕舞いの日、つまりは、寿々花が吉原を去り、廣川のもとへ行く日だったからだ。

娼妓の水揚げの時とは違い、身請けの時はお披露目の船行列はない。それにもかかわらず、隅田川の土手には大勢の見物客が押し寄せていた。おそらく総仕舞いの日程を三文新聞で知ったのだろう。詰め掛けた見物客は、最後の最後に、世間を賑わせた常処女太夫を見ておこうと野次馬根性を剥き出しにしているのだ。

「……どうなるんだろうなあ」

番人船の船室の中。

賑わう見物客を横目に、誰に言うでもなく朋輩がつぶやく。

「滞りなく終わればいいんだが」

ああ、と利壱は短い返事をする。

利壱は緊張していた。廣川の提案について、朋輩たちは何も知らない。

卿月は今日の今日まで吉原に近付いておらず、だからこそ、今日は『何か』が起こるのではないかと、番人全員が気を張っているのだ。

壁に掛かった時計を見る。——あと半時もすれば、廣川がやってくる。それは、長春楼の総仕舞いの開始を意味する。

「おい、利壱はいるか？」

不意に船室の扉が開き、小柴が顔をのぞかせた。

「はい、ここに」

「すまんが、長春楼に向かってくれ。於豊からの指名だ。『寿々花の護衛をしてほしい』と」

「護衛、ですか？」

利壱が首を傾げると、小柴は「於豊からではなく、正確には廣川からの依頼だ。なにせ、例の件があるからなあ」と苦笑いを浮かべる。

「今更何もないとは思うが、念のために、ということだ。まったく廣川の奴も、いい歳をして面倒なことを言いだしたものよ」

船室に、番人たちの乾いた笑い声が響く。言葉にはしないが、流石にそれは取り越し苦労に終わるだろうと思っている。

皆に倣って笑いながら、利壱は腰を上げた。

利壱が寿々花の護衛につくのは、廣川との密約で、既に織り込み済みのことだった。ともかくにも、これからが本番なのだ。

「それじゃあ、俺、行ってきます」

利壱は船室を出て猪牙舟に乗り、係留柱の縄を解いた。

櫂を漕ぎだすとすぐに、同じく長春楼へ向かう朋輩と一緒になった。朋輩の猪牙舟には大きな木箱が積まれており、中に入っているのは各見世に配る赤飯と菓子の類だという。

「祝儀はこれだけじゃないんだぜ、もう一往復頼まれてる。まったく豪勢なことだよ。まるで大見世の最上級娼妓が総仕舞いするみたいじゃないか」

「廣川のご隠居は派手好きだからなあ」

「まあ、俺たち番人の分まであるみたいだから、ありがたいことだけどな」

長春楼の花艇が近付く。朋輩は炊事船に、利壱は御内所のある一号艇に分かれていく。

利壱が係留柱に縄をつないでいると、「利壱どん、楼主がお待ちにござんす」とカエデが駆け付けた。

カエデは五つ紋の入った裾絵羽の振袖を着ていた。おそらく、この日のために誂えてもらったのだろう。しかし、これだけの上等な振袖を着せてもらっているというのに、心なしか機嫌が悪そうに見える。

「元気がないな」

「いいえ、わっちはいつも通りにござんす」

カエデは言うが、しかし口はへの字に曲がったままだ。きっと、寿々花と離れてしまうのが寂しいのと、その相手が、水揚げの日に大揉めに揉めた廣川なのが気に入らないのだろう。

勝手知ったる何とやらで、利壱は御内所に行く。

待ち構えていた於豊は、利壱の顔を見るなり「ようこそ」と口の端を上げた。

「於豊さん、この度はおめでとうございます」

「ありがとうござんす」

形式ばった挨拶を終えると、於豊はすぐに「寿々花の部屋に行ってくださんし」と言った。

「理由については、利壱どんも知っての通り。今日は寿々花にとって一世一代の晴れ舞台ゆえ、恙なきよう守っていただかなければなりんせん」

「承知しています」

では、と利壱が立ち上がろうとする。すると於豊が「ご随意に」と、利壱の背中に声を掛ける。

「いつもなら娼妓見習いをつけ、見世の中での利壱どんの行動も制限するところでござんすが、生憎と今日は手隙の娼妓見習いがおりんせん。ゆえに、どうぞ利壱どんの『思いのまま』に行動してくんなまし。心配は無用。わっちも、廣川のご隠居も、利壱どんのことは信用してござんすので」

「……ありがとうございます」

意味深な於豊の言葉に頭を下げて、利壱は御内所を出る。

寿々花は御内所の隣の部屋にいる。深く吸った息をゆっくりと吐き出し、「利壱です」と声を掛けると、すぐに「はい」と返事が聞こえた。

「どうぞ、お入りくんなまし」

襖を開けると、部屋の中央には、既に宴の支度を済ませた寿々花が鎮座していた。

髪には琥珀に真珠、珊瑚の簪を飾り、打掛は金箔銀箔のあしらわれた艶やかな紋綸子、締める帯は吉祥紋の緞子という、大見世の最上級娼妓でもなかなか見ることはできない華やかな装いをしていた。

「寿々花さん、この度は……」

言いかけて、利壱は口を噤んだ。

形式ばった挨拶などするべきではない。こんな身請け話など、寿々花にとって何がめでたいというのか。

察した寿々花が、ぺこりと頭を下げた。そして利壱に、「最後にお会いできてようござんした」と笑みを浮かべた。

「ずっと利壱どんにお礼が言いとうござんした。瑯月先生をお止めくださって……」

「俺は何もしていませんよ」

え？　と寿々花は首を傾げた。

「なれど、瑯月先生は……」

「ええ、確かに、瑯月は何も行動を起こしていません。けれど、それは考えがあってのことです。俺が止めたからじゃありません」

するとみるみるうちに寿々花の表情が変わった。動揺に目を潤ませ、まるで責めるように利壱を凝視する。

「瑯月先生は何をなさるおつもりなのでござんすか？　利壱どんは知っているのでござんしょう？」

「それを知って、寿々花さんはどうなさるおつもりですか？」

「どうするもなにも、わっちはこのままでいいのでござんす。ゆえに、瑯月先生には、もうわっちのことなど忘れていただきとうござんす」

「残念ですが、それは無理な話ですよ」

利壱は、まっすぐに寿々花を見つめた。

「瑯月は、寿々花さんの足抜けを企てています」

「冗談はやめてくださんし！」

寿々花は目を見開き、声を荒らげた。それは一瞬の憤りなどではなく、本気の感情なのだと利壱は思った。だからこそ利壱は、「冗談などではありません」と真剣に答える。

「瑯月は、総仕舞いが終わるまでに、寿々花さんを足抜けさせるつもりでいます。それが、廣川のご隠居が出した『提案』です」

寿々花が、キュッと息を呑んだのが分かった。

「なにゆえに、そねえな……」

「足抜けに成功したら、寿々花さんを瑯月にくださると、廣川のご隠居はそう仰ったんです。だから瑯月は、その『提案』に賭けたんです」

それは、寿々花にとって想像だにしない言葉だったのだろう。

寿々花はそのまま押し黙った。頭の中の整理がつかないのか、喜びよりもむしろ不安と困惑の色のほうが濃く見えた。

無言のまま時が進む。花艇の底から聞こえる水音が、喧しいくらいに耳を侵食する。

「……わっちには、何の価値もござんせん」

不意に、寿々花が口を開いた。

「瑯月先生と足抜けするなどと、そんな価値は……」

「もしや、俺の話を聞いてもまだ、瑯月を止めたいとお考えなのですか？」

「然様でござんす。わっちのような三流娼妓のために、瑯月先生が法を犯すなどと、絶対にあってはならぬことにござんす」

「『わっちのような』……ですか」

ふう……とひとつ、利壱は大きな溜息を吐いた。「寿々花さんは、ご自分を卑下なさるのですね」

寿々花はギュッと唇を結び、俯いた。そして小さな声で「……当然のことにござんす」とつぶやいた。

「利壱どんも知っての通り、本来なら娼妓を名乗るのもおこがましい……。わっちは、吉原に相応しい娼妓ではござんせん。体を売りもせずに金と座敷を与えられ、漫然と日々を過ごしてきただけの女にござんす」

「けれど、それは寿々花さんが望んだことじゃないはずです」

するとすると寿々花は、いつにない自嘲するような薄笑いを浮かべた。

「……利壱どんは、わっちの狡さをご存じないから、そねえなことを仰るのでござんす。わっちは、心ひそかに、ご隠居から与えられた罰に安堵していたのでござんすよ」

一瞬、利壱は口を歪めた。

利壱とて、まったく想像しなかった訳ではない。常処女太夫でいる間は、寿々花は誰にも抱かれなくて済む。孤立した孤独な空間で、たとえどれだけの好奇の視線に晒されたとしても、普通の娼妓のように大勢の男の慰み者になることを考えれば、ずっとずっと安気なことだっただろう。

「わっちは、そろそろ罰を受けなくてはなりんせん」

「その罰が、ご隠居の所に行くことだと？」

あい、と寿々花はうなずいた。――が、すぐに、「いいえ、罰などと言ってはなりんせんね。わっちは、娼妓に相応しい身の振り方を受け入れただけなのでござんすから」と言い直した。

「わっちは足抜けなど致しんせん。ご隠居の妾として生きていく覚悟にござんす。ゆえに……こねえなこと、今更申し上げるのもおこがましいことにござんすが……瑯月先生には、もうわっちのことなど忘れていただきとうござんす。思うままに絵を描いて、そいで……」

「ゆくゆくは、相応しい女を見つけて夫婦になってもらいたいと？」

辛辣な利壱の言葉に、寿々花は一瞬唇を噛み締めた。そして小さな声で「あい」と答えた。

「瑯月先生には申し訳ないことをしたと思ってござんす。本当なら真っ当な道を歩いていくべきお方を、わっちの身勝手な思いのせいで、こねえな苦境に追いやってしまって……」

「瑯月はそんなこと思ってやしませんよ。むしろ、寿々花さんに会えたからこそ、また絵が描けるようになったのだと言っていたのに」

「え？」

「あれ？　もしかして、瑯月から聞いてないんですか？」

言いながら、利壱は柱の時計を見た。

襖の向こうがやかましい。

きっと、廣川の乗った猪牙舟が近くまで来ている。

「寿々花さんがご隠居の妾になる覚悟ができているように、瑯月にも、寿々花さんを足抜けさせる覚悟ができています。ただ、その瑯月の覚悟に乗るかどうかは、寿々花さん次第です。嫌なら拒否すればいい。拒否されたからといって、瑯月は寿々花さんを恨んだりはしませんよ。ただ、もし受け入れるなら、その時に話を聞けばいい。あなたが瑯月の絵師としての源になっている理由をね」

忙しなく言うと、利壱はこぶしの幅程襖を開けて外を見た。

隅田川のせせらぎの上に、三艘の猪牙舟が一列の船団のようにこちらに向かってくるのが見えた。

後ろの二艘には漆塗りの大きな葛籠が載せられており、その率いる先頭の猪牙舟には、紋付き袴姿の老人が、険しい顔で腕組みをして鎮座している。

廣川だ。

「寿々花さん、花婿の登場ですよ」

その瞬間、寿々花の顔が強張った。

「ろ、瑯月先生は？」

「まだ来ません」

「では」

「もしかしたら廣川のご隠居と直接対峙するつもりなんじゃないでしょうかね」

すると寿々花は、ひ、と小さく短い悲鳴を上げた。

「そねえなことしてはなりんせん！　瑯月先生の御名に傷がつくだけにござんす！」

「そういうのは、もうどうでもいいんじゃないでしょうか。瑯月がほしいのは、自分の名前でも立場でもなく、寿々花さんなんですから」

「………………」

三味線の清掻が聞こえる。どうやら芸者の誰かが、出迎えの賑やかしにバチを握ったようだ。銅鑼《どら》や鉦《しょう》で景気づけをしているのは、おそらく近隣の見世の男衆だろう。

利壱は立ち上がった。

そして狼狽する寿々花に、「まだ時間はありますよ」と声を掛けた。

「先のことなんて誰にも分かりません。でも、先をどうしたいのかは、寿々花さんにしか決められないんです。どうか自分の気持ちが犠牲にならないよう、しっかりと考えてください」

長春楼の花艇に到着した廣川は、於豊に出迎えられ、一号艇の一番奥、船尾にある大広間に通された。

既に大広間には、長春楼の上級娼妓たちが集まっている。それ以外の娼妓は二号艇や三号艇で来賓の接待だ。花艇には法に定められた乗船定員というものがあるので、全員が大広間に入れるわけではないのだ。

どの部屋からも見えるように、大広間の襖は一か所を除いてすべて開け放たれている。

宴の声は徐々に大きくなり、酒や料理を運ぶ男衆の足音がバタバタと部屋の前を通り過ぎる。

寿々花は、まだ呼ばれない。

「主役抜きで始まったようですね」

鎮座したままの寿々花に利壱は笑みを見せたが、しかし、寿々花の顔は強張ったままだ。動揺が収まらないのだろう。

「大丈夫ですか、寿々花さん」

利壱が声を掛けた瞬間、襖の向こうから「姐さん」と声が聞こえた。カエデの声だ。

「楼主がお呼びにござんす。そろそろ宴席にお越しくんなまし」

あ、と声を上げ、寿々花は我に返ったように顔を上げた。もうどこにも逃げられない。わずかに表情が引き締まり、寿々花は客前に出る娼妓の顔を取り戻そうとする。

立ち上がろうとする寿々花に、利壱は手を貸した。顔と顔が近付いた瞬間、寿々花は小さな声で「瑯月先生は、今どこに？」と聞く。

「さあ。こちらに向かっているところかもしれませんし、既に花艇内に身を潜めているかもしれません」

「どうか、そねえな意地悪を仰らないでくださんし。わっちは、本気で瑯月先生の身を案じているのでござんす」

「瑯月だって同じですよ。本気で寿々花さんの身を案じているから、もう誰にも止めることができないんです。あいつは、心底、寿々花さんに惚れているから」

寿々花の目に、薄い涙の膜が張った。

今にも泣きだしそうな寿々花に背を向け、利壱は勢いよく襖を開けた。

その瞬間、利壱たちは大きな喝采に包まれた。

「常処女太夫だ！」

「常処女太夫が出てきたぞ！」

視線、歓声、拍手。

思わず利壱は「すげえ……」とつぶやいた。

頭では分かっていたことなのに、心臓が激しく高鳴った。まるで世間のすべての目がこちらに向かっているような感覚を覚え、一瞬、足がすくんだ。

利壱でもこれなのだから、主役の寿々花の緊張はそれ以上だろう。まして、瑯月と廣川の件もある。見世のみならず、隅田川の土手からも、好奇の目が探るようにしてこちらを見ているのが船窓から見えた。

「行きますよ」

利壱は寿々花の手を引っ張った。ゆっくりと、観衆に寿々花を見せつけるように奥の大広間へ向かう。

大広間の襖は開いていた。寿々花が姿を見せた途端、こちらもワッと大きな歓声が沸き起こった。

「こちらに来なんし」

於豊に言われ、寿々花は上座、廣川が腰を据えている金屏風の前に歩み出た。そして、ゆっくりと膝を折り、無言のまま三つ指をつく。

「……顔色が悪い」

不機嫌な廣川のつぶやきにハッとし、寿々花は「申し訳ござんせん」と震える声で言う。

「こねえな華やかなお席など初めてのことにござんすゆえ……」

「当たり前だ。娼妓の身請けなど、一生涯に一度のことと決まっているだろうが」

冷たい廣川の声に、一瞬にしてその場が固まった。

それを取りなすように、於豊が「これ寿々花、ご隠居の隣にお座りなんし」と寿々花を促す。

「今日は総仕舞い、祝宴の日にござんす。もうすぐ余興が始まりんすよ」

祝宴の余興は、たいして珍しいことではない。大抵は幇間《ほうかん》と呼ばれる男の芸者が、その場を盛り上げるために派手な芸を繰り広げる。女の芸者にはできないような、やや下品な芸もお手の物だ。

ところが。

娼妓見習いに先導されて現れた幇間は、ひとりではなかった。その数、五人。しかも、その先頭を歩く幇間を見て、皆が驚きの声を上げた。

格好こそ幇間だが、その姿は明らかに女。しかも、その顔は、吉原の娼妓に勝るとも劣らない美しさだ。

――しかし、どこかで見たことがある。

少しの間の後、周囲が答えを導きだした時、ざわめきは一気に悲鳴のような歓声へと変化した。

「り、利壱どん！　あれは本物でござんすか？　本物の『夕風環』でござんすか？」

部屋の隅に控えていた利壱の袖を、同じく控えていたカエデが乱暴に引っ張った。

吉原から出ることを許されない娼妓や娼妓見習いも、新聞や、瑯月の描く広告絵などで夕風環の顔は知っていた。しかし、まさか吉原の余興にやってくるとは、誰ひとり思ってもみなかったことだろう。

「この度はおめでとうございます」

歓声が収まらない中、環が率いる集団は、金屏風の前の廣川に恭しく頭を垂れた。

「このような晴れのよき日に、私ども朝日奈一座をお招きいただき、恐悦至極に存じます。精いっぱい務めさせていただきますゆえ、何卒よろしくお頼み申します」

しかし、廣川の表情は険しい。

しわだらけの仏頂面から眼光鋭く、「誰に依頼された？」と環に聞く。

「はい、長春楼の楼主である於豊様から」

「しかし、於豊が直接話を持ち掛けた訳ではないだろう？　最初に話を持ち掛けたのは、誰だ？」

「……私どものほうから、余興で使っていただけないかと」

「しかし、朝日奈一座とかいう曲馬団は、両国の小屋で興行していると聞く。しかも、連日大入り満員とか。わざわざ吉原の余興に売り込む必要もあるまい」

廣川の言葉に、瞬時に環は押し黙った。

すると何かを察した廣川が、「なるほど、彼奴め、こう来たか」と、にやりと口角を上げて膝を打った。

「出てこい！　どうせ、その辺に隠れておるのだろう？」

ためらいにも似た間の後、金屏風の向こうに隠れていた襖が、ゆっくりと開いた。

現れたのは——瑯月だ。

ざわめきが、一気に大きなどよめきに変わった。

その場にいた全員が、いっせいに何かを口走っている。三文新聞を賑わせた謎の『提案』の答え合わせをしようとしているのだろうが、全員が全員違うことを言っているので、もはや言語とは違う何かのように響いている。

しかし、そんな周囲の言葉など、当事者の耳には入っていない。

「なるほど、朝日奈一座に紛れて侵入したか。小賢しいことを考えおったな」

不敵に笑う廣川に、瑯月は「手段は選ばなくていいと、ご隠居からの伝言を賜りましたので」と至極冷静に返す。

「それに、ご隠居は派手なことがお好きのはず。こういった趣向も、お嫌いでないのでは」

「ふん、小僧が言いおったな」

廣川は口元にしわを寄せたが、立腹しているようには見えない。むしろ、どこか楽しそうに見えるのは気のせいではないはずだ。

廣川は、「お前は、儂に祝いの言葉を述べぬのか？」と、まるで瑯月をからかうように聞いた。

「祝いの言葉をいただきたいのは、こちらの方です」

「つまり、ここから寿々花を出すと？　……よもや、夕風環の奇術で寿々花を消そうというのではあるまいな？」

「その通りです」

廣川は不自然に片眉を上げた。おそらく半信半疑なのだろう。今度は環に「まことか？」と聞く。

環は「はい」とにこやかに答えた。

「ただし、大掛かりな奇術には道具が必要でございます。搬入のご許可を」

言うが早いか、環はパン、と合図のように両手をたたいた。

次の瞬間、環の背後にいた男たちは部屋を飛び出すと、控えの間から長方形の板状のものを抱えて戻ってきた。

男たちが抱えていたのは黒い屏風だ。廣川の後ろにある六つ折――つまり六曲一帖の屏風ではなく、二つ折りになった二曲一帖の比較的小ぶりな寸法のもののようだ。

黒屏風は全部で四帖。男たちは、その屏風を四方に組むように立たせて、中を見ることができない小さな空間を作り上げた。ちょうど、上と下が空いた長細い箱のような空間だ。「私はこの屏風を使って、常処女太夫を花艇の外にお出しいたします。つまり、『足抜け』を」

環の宣言に、大広間にいたほとんどの人間が驚きの声を上げた。「足抜けだ！」「今から足抜けをするそうだ！」と怒濤の如く声を上げる。

しかし、当事者たちは動じない。この正面切っての足抜けにも、高ぶる感情を押し殺し、努めて冷静な面持ちで対峙している。

「ほほう、面白い。まことにそのようなことができるのか？」

ニヤリと口の端を上げ、廣川が言う。対する環も、平然とこれに答える。

「米国興業でも同じ奇術を披露いたしました。自信がなければ、このような場所には参りません」

「しかし、ここは興行小屋の舞台ではなく、隅田川の花艇の上。そのような奇術を行うなど不可能だろう」

「不可能か否かは、ご隠居様の目で直接お確かめいただければ」

言いながら、環は寿々花のほうに視線を移した。

寿々花は、震える瞳で、呆然と瑯月を見つめていた。

「……どうする？」

廣川の言葉に、寿々花はハッと我に返った。

寿々花は廣川のほうに視線を移す。廣川も、射るような眼差しで寿々花を見つめ返す。

「のう、寿々花よ。お前はどうしたい？　このまま儂のもとに来るか？　それとも、あの小僧と足抜けを試みるか？」

「わっちは……」

言いかけて、寿々花は口を噤んだ。寿々花の心は、まだ揺れているのだ。

廣川はフン、と口の端で笑い、「行く気がないのなら、こやつらには引き払ってもらえばいい」と、皮肉を込めて言う。

「どうせ足抜けしたところで、待っているのは食うや食わずの貧乏暮らしよ。今や飛ぶ鳥を落とす勢いの人気絵師とはいえど、所詮は水物の商売ではないか。悪評に晒されれば、あっという間に食い扶持を失う。そんな小僧のもとより、儂のもとで蝶よ花よと暮らしたほうがよかろうよ」

すると、寿々花は首を大きく横に振った。

「いいえ、わっちは、そねえなことを思うているのではござんせん」

「では、何を恐れることがある？」

「……わっちは、わっち自身が恐ろしいのでござんす」

言いながら、寿々花はゆっくりと視線を瑯月に戻した。「共に逃げたところで、きっと、わっちは瑯月先生の足枷になってしまいんす」

「そんなことはない！」

声を荒らげて、瑯月は反論する。

「寿々花は足枷じゃない！　そうでなければ、俺はこんなことしない！」

「なれど、足抜けは罪にござんす。ご隠居様の言葉の通りに足抜けをし、瑯月先生とわっちが一緒になったところで、瑯月先生には『娼妓に足抜けさせた犯罪者』の肩書がついてしまいんす。わっちは、瑯月先生に、そねえな傷をおつけしたくござんせん」

「そんなもの関係ない！」

「いいえ、関係なくはござんせん。……もとはといえば、わっちの我が儘が、こねえな騒動を引き起こして……」

寿々花は俯いた。細い肩が震え、長いまつ毛が大きく上下したと思った途端、後悔の涙がぽとりと落ちる。

瑯月に教えた本当の名前。重ねた唇。普通の娘なら許されることが、娼妓である寿々花には罪だった。そして、その報いは瑯月に及んだ。己の恋情を満たすために足抜けなどすれば、この先、瑯月は酷い人生を歩むことになる。

共に行きたい。けれど、行けない。相手を想う気持ちがあるから、尚更。

寿々花は手をつき、瑯月に詫びるように深々と頭を下げた。

周囲から驚きと落胆の声が上がる。――と、次の瞬間、環が「吉原の娼妓とは、面倒なものですねえ」とつぶやくように言った。

「吉原の娼妓は意地と張りが命だと聞いてはおりましたが、こんなふうに意地を張らなければならないものだとは思いもしませんでしたよ」

寿々花の肩がピクリと揺れた。環は気にする様子もなく、「ご隠居はどうお考えです？」と廣川に話を振る。

廣川は盃の酒をあおるように飲むと、「つまらぬ」と短く言い放った。

「儂が見たいのは、人間の欲だ。もともと寿々花は、儂が娼妓見習いのうちから目をつけ、於豊に命じて清廉に育てさせた娘だ。いつの時代でも、清廉な者をいたぶるのは力のある者しかできぬ遊びだからの。しかし、寿々花はひそかに欲を持っていた。駆け出しの絵師と、隠れて秘事を結ぼうとした。それはそれで面白いと儂は思った。秘事を持った者を苛めるのも、これまた一興。しかし……」

不意に、廣川は視線を外に向けた。そして苛立たし気に、手にした盃を窓の向こうへ投げ放った。

盃は緩やかな放物線を描き、やがて隅田川の波間に沈んでいく。

「秘事を結んでいた娼妓風情が、なにゆえに清廉な者を気取ろうとするのか」

盃から散った酒が、畳を濡らした。それを拭こうとする幼い娼妓見習いの尻を、廣川は猫の頭のようにつるりと撫でる。

「儂は、もっと女の欲が見たい。『貧乏暮らしは嫌だ』『贅沢がしたい』『遊んで暮らしたい』。その逆でもいい、『この先どうなってもいいから、好いた男とまぐわいたい』。それなのに、男の肩書を傷つけたくないだと？　馬鹿馬鹿しい。これだけ派手な総仕舞いをさせておいて、誠につまらんことだ」

するると寿々花は廣川に向き直り、「あい申し訳ござんせん」と、畳に額を擦り付けるように頭を下げた。

「なれど、これが、わっちの心からの欲にござんす。ご隠居様の申される通り、わっちは卿月先生を好いてござんす。それと同じくらい、卿月先生の絵も好きでござんす。ゆえに、卿月先生には、ずっと絵を描いていてほしゅうござんすし、その素晴らしさを世間に認めていただきとうござんす。そのためにも、卿月先生の御名に傷をつけたくござんせん。ご隠居様にとってはくだらぬことかもしれんせんが、誰に何と言われようと、わっちは、この欲だけは譲りとうござんせん」

寿々花のまくしたてるような告白に、周囲のざわめきが急に大きくなった。

卿月は跪き、「寿々花」と畳に押しつけた小さな手を取る。けれど、寿々花は卿月の手をやんわりと拒否し、廣川に頭を下げ続ける。

寿々花らしい意地と張りだ、と利壱は思った。娼妓が使う手練手管などではない。純粋に、ただ純粋に、寿々花は卿月だけを思って頭を下げ続けているのだ。

「……ええい、もうよいわ！」

廣川は膝立ちになると、いきなり寿々花のほうに手を伸ばした。

「あ！」

驚いた寿々花が顔を上げる。と次の瞬間、廣川は、寿々花の簪を山賊のごとき荒さで次々と引き抜き始めた。

瞬く間のことだった。「やめろ！」と止める瑯月を老人とは思えぬ力で突き飛ばし、華やかに結い上げていた寿々花の髪を鷲摑みにして引き倒す。

どう見ても狂人の所業だ。廣川は寿々花の打掛の襟首をつかむと、無造作にはぎ取った。緞子の俎帯はぞろりと解かれ、鹿の子絞りの腰紐が菊の花弁を散らすように宙を舞う。

気が付いた時には、寿々花は緋色の襦袢一枚になっていた。

呆然とうずくまる寿々花に、瑯月が駆け寄る。そして自分の上着で守るように寿々花を包み込むと、再度、廣川の前に立ちはだかった。

廣川の狂行に悲鳴を上げる者、反動で無意識に笑う者、ただただ怯えて泣きだす者。総仕舞いとはいえ、ここまでの乱痴気騒ぎもないだろうと思われる阿鼻叫喚の中で、廣川は枯れ木のような腕を杖に伸ばすと、その杖で、瑯月の肩をしたたかに打ち据えた。

乾いた打擲音に、瑯月の呻き声と寿々花の悲鳴、それに娼妓たちの金切り声と娼妓見習いの泣き声が、一瞬のうちに不協和音となって辺りに響く。

廣川は、もう一度、瑯月を杖で殴った。そして、冷たく言い放った。

「もう飽いた。今すぐ儂の前から失せろ」

慌てた於豊が、「お待ちくださんし！」と廣川に取り縋る。

「総仕舞いの日に身請けの娼妓を放逐なさるとは、前代未聞のことにござんす！　そねえなことをされたら、長春楼は笑いものとなり、妓楼として立ちゆかなくなってしまいんす！」

「何を今更。これだけの騒ぎになったのだ、もうどうでもよいだろう」

「いいえ、どうでもよいことなどござんせん！　そもそもの話、足抜けは罪にござんす！　それを見逃すことなど、わっちの立場でできるはずがござんせん！　だいだい瑯月先生も瑯月先生でござんすよ！　ええ、今でこそ『瑯月先生』などと呼んでござんすが、もとはといえば妓夫の啓次郎、第二吉原にある真木楼の啓次郎でござんすよ！」

於豊の言葉はもっともなことだった。廣川がどれだけ足抜けを煽ったところで、吉原に生まれた瑯月が本当にそんなことをする訳がない。それが常識というものなのだ。

けれど、瑯月は動いてしまった。それも、明日の三文新聞の一面を飾ることは間違いない、予想外の派手な方法で。

だからこそ、於豊は焦っているのだ。

「ええい、吉原の楼主風情がやかましい。飽いたものは飽いたのじゃ！」

廣川は於豊を突き放すと、不意に視線を環に向けた。そして、「一息にこいつらを消せ」と言った。

「飽いたとはいえ、もとは儂の物。せめて最後くらいは面白う捨てさせろ」

一瞬、環は瞠目した。が、すぐに平静を取り戻すと、「これは無理難題を」と、舞台の上で見せるあの妖艶な笑みを浮かべた。

「ふたり同時となりますと、さてどういたしましょう。いつもなら、消すのは人ひとりでございますので」

「失敗したところで、それもまた一興。まとめて笑い者にしてやるだけのことよ」

その瞬間、環の顔から笑みが消えた。

「それは聞き捨てなりませんこと」

環はそう言うと、寿々花に掛けられていた瑯月の上着をいきなり剝ぎ取った。

「やめろ！」

瑯月が止めるが、環はそれを「やかましい！」と男勝りに一蹴する。

「弟分の頼みだと思って受けてやったが、ここにきて、朝日奈一座の沽券に関わるとんだ大仕事になっちまったよ。失敗は許されない。さあ、無駄な物は外しな」

これまでと違う莫連者のような口ぶりに、寿々花は身を固くした。その間にも、環は寿々花の髪に残っていた簪を抜き取っていく。

寿々花が身に着けているのは、襦袢に腰巻、伊達締め一本となった。少しでも寿々花の身を軽くしようとしているのだろうが、閨《しとね》の娼妓よりも更に乱れた格好に、廣川が手をたたいて笑い声を上げげる。遠くにいる野次馬たちも、興奮気味に囃し立てている有様だ。

環は満足そうにうなずくと、ふたりを黒屛風の囲いの前へと促した。

しかし、寿々花はそれでも首を横に振る。すると環は、抗うような寿々花の手を振り払い、「あきらめな」と低い声で凄む。

「吉原の娼妓ともあろう女が、まだ未練がましく金持ちのじいさんに縋ろうっていうのかい？　そんなことしたら、所詮は金のために体を売る女だと、瑯月に恥をかかせることになるんだよ？」

「なれど」

「いいかい、状況は変わったんだ。あんたは捨てられたんだ。それが御法度だろうが何だろうが、このじいさんは金の力で何でもなかったことのようにしてしまう。だから、今すぐ頭を切り替えな。どう動くことが、自分たちにとって一番いいのかってね」

寿々花はハッと表情を変えた。

環は両腕を頭上に掲げ、興行の開幕を告げようとする。

と、次の瞬間、寿々花が「あの、待ってくださんし」と環に懇願した。

「どうか、ご隠居様と、最後に話を……」

しかし廣川は「いらぬ、いらぬ」と、まるで犬の仔でも追い払うかのように片手を振る。

「娼妓の戯言など聞きとうない。どうせありきたりな恨み節だろう」

「い、いいえ、違いんす。ただ、わっちは」

「いらぬと言ったらいらぬ！　とっとと失せよ！」

その大きな怒声に、寿々花は小さく身を震わせ、瑯月は廣川を睨み付けた。

「寿々花、行こう」

瑯月は寿々花の手を引くと、ちらりと視線を滑らし、「頼む」と環に言った。

「失せろと言われた手前、真っ当にここから出ていっても文句を言われる筋合いはないが、それじゃあのヒヒジジイは納得しないだろ。だから、俺たちをうまく消してくれ。誰にも文句を言われないように」

環は引き攣った顔で口の端を上げると、「まさかイチかバチかの大博打になるとはね」とつぶやいて、四角に囲った黒屛風の一枚をずらした。

「それでは、朝日奈一座の大奇術をお見せいたしましょう。ご隠居様、心の準備はよろしくて？」

「望むところだ」

廣川が答えると、環は先程のように、バッと両腕を頭上に突き出した。

すると、弟子のひとりが大きな黒い布を持ってきて、別のもうひとりが、瑯月と寿々花を黒屛風の中に入れた。

観衆がどよめく。「始まるぞ」「本当に消えるのか」と、土手のほうからも目を凝らして見つめているのが分かる。

環はぐるりと周囲を見渡し、軽く呼吸を整えると、「この屛風が、何もない畳の上にあるのは、皆さま、ご承知おきくださっておりますわね」と言った。

「私は奇術師でございますので、『種も仕掛けもございません』などと申せば、もちろん嘘になります。しかしながら、誰にも分からない種と仕掛けを考えつく自信はございます。私が只今より行いますのは、人を同時にふたりも消すという、一世一代の大奇術。どうぞ、その目でお確かめくださいませ」

そう言うと、環は弟子が持っていた黒い布を手に取り、まるで投網でもするかのように、ふわりと屏風の上に広げた。

思っていた以上に大きな布だった。広げた布の反対側を弟子が引っ張り、ふたり掛かりで屏風を包み込む。丁寧に張られた布は、屏風の足許までしっかりと覆いつくしてしまった。

環は廣川に向き直った。そして、僅かに顎を上げ、あの独特な艶っぽい笑みを浮かべると、いきなり、パン！　と両手を打った。

と、次の瞬間。

いきなり弟子が、布に覆われた屏風を両手で突き飛ばした。

たった二辺で立っている屏風とはいえ、四帖も組み合わせているのだから、そう簡単に倒れるはずがない。しかし、屏風は倒れた。まるで雪の重みで倒壊する家屋のように、黒い布の下で簡単に形を潰してしまった。

「では」

環が布の端を引っ張る。同じように、弟子も布を手繰り寄せる。

すぐに蝶番の外れた屏風が姿を現した。

だが、そこにいるはずの瑯月と寿々花が見当たらない。

「寿々花姐さん！」

カエデたち娼妓見習いが悲鳴を上げながら駆け寄り、倒れた屏風をひっくり返す。

しかし、ふたりの姿は欠片もない。そこにいたという痕跡さえも。

「き……消えた……！」

こうつぶやいたのは、一体誰だったのか。

――そう、まさしく、ふたりは『消えてしまった』のだ。

ワッと歓声が上がり、大広間はもちろんのこと、長春楼の二号艇に三号艇、はたまた近隣の花艇のみならず、土手のほうでたむろする野次馬たちからも、大きな拍手が巻き起こった。

環は大きな喝采に満足げな笑みを浮かべ、両手を振ってそれに応える。

すると。

「きゃあああ！」

外から大きな衝撃音がして、同時に窓際にいた娼妓が悲鳴を上げた。

見ると、花艇の際から大きな水柱が上がっている。

それは一瞬の間のことで、見世の男衆を従えた利壱が慌てて駆け寄ると、そこには、思いもかけない光景が広がっていた。

卿月と寿々花が、抱き合うようにして隅田川に浮かんでいたのだ。

「目測を誤ったか」

チッと小さく舌打ちをして、環がつぶやく。

「早く浮き輪を！」

利壱が叫ぶと、男衆は花艇に備え付けられていた浮き輪を一斉に投げ入れた。

水中の瑯月は浮き輪をつかむと、抱きかかえていた寿々花をもうひとつの浮き輪に委ねた。ふと見れば、何隻もの猪牙舟がこちらに向かっている。奇術失敗の危機は脱したが、新たな危機が迫っている。このままでは、ふたりは番人に捕らえられてしまう。

利壱は花艇の端から身を乗り出し、水の中に飛び込もうとした。

と、次の瞬間、一隻の小舟が瑯月たちに近付いた。

舵を取っているのは見覚えのある男。数日前、利壱が乗せたカラクリ職人の弟子だ。

男は瑯月と寿々花を引き上げると、利壱のほうを見てニヤリと笑った。そして櫂を握りなおすと、一目散に岸のほうへ向かって漕ぎ出した。

その小舟を、猪牙舟が追う。

猪牙舟は機動力に長けており、捕まるのは時間の問題だろうと思われた。しかし、小舟の男は一筋縄ではいかなかった。追っ手を撒くため、猪牙舟に向かって派手な煙幕をドン！　とぶち上げたのだ。

「いいぞ！　頑張れ！」

見世の客が、土手の観衆が沸く。その歓声に、とうとう番人船まで動きだす。

不機嫌だった廣川が、「天晴れじゃ！　天晴れじゃ！」と歓喜の声を上げる。

ワハハ、ワハハ、と高笑いをしながら。

長春楼の客も、隅田川の土手にいる観衆も、すべての者が瑯月と寿々花に注視していて、廣川の次の行動に気を配る者など誰ひとりいなかった。

廣川は大広間を抜け出し、静かに廊下を進むと、同じ一号艇にある於豊の部屋——つまり御内所に入り、襖の陰に身を潜めた。

そこに、同じように大広間を抜け出した利壱と於豊も続く。落ち合った三人は無言のまま視線を合わせると、それを合図とするかのように、利壱がそっと戸を閉めた。

ようやく歓声は部屋の外のものとなり、誰ともなく、ふう……と大きな息を吐く。

「わっちは肝が冷えんしたよ、ご隠居。あねえな即興芝居は勘弁してくださんし」

だるそうに座布団を勧めながら、於豊が愚痴る。「一時はどうなることかと思いんしたよ。なにゆえ瑯月先生に『出てこい』なんて言っちまったのでござんすか」

廣川は杖を投げ出して座布団に胡坐をかき、「朝日奈一座を使うとは、なかなか面白いことを考えよったと思ってなあ」と愉快そうに笑う。

「どうせなら、もっと面白い見世物にしてやろうと思うのも、無理からぬことではないか。そういうお前も、素人芝居にしてはなかなかのものだったしのう」

「ご冗談はよしてくださんし」

於豊は眉をひそめ、ぱたぱたと右手で顔を扇ぐ。「わっちは一世一代の肝試しをした心地にござんすよ」

「しかしまあ、寿々花が行かぬと言った時は驚いたわい」

「そりゃね、ご隠居がふたりをいたぶりすぎたからでござんすよ。寿々花に欲を見せろと言ってみたり、飽いたから失せろと言ってみたり、何だか言うことなすこと支離滅裂で、寿々花の着物を引ん剝いた時などは、本当にボケちまったのかと思いんしたよ」

「そんなに支離滅裂だったかの？」

小首を傾げる廣川に、利壱は「於豊さんの言う通りです」と苦笑する。

「もっとも、その支離滅裂なところが、逆にご隠居らしくてよかったのではないかと。瑯月の計画とは少々異なりましたが、終わりよければすべてよし。何も問題ありません」

言いながら、利壱は瑯月が考えた当初の計画を話す。

利壱が瑯月に手を貸すと言ったあの日、瑯月の頭の中には、正面突破での足抜けしか考えがなかった。それを覆したのは、瑯月の姉御分である夕風環だった。

足抜けの手段は問わないと利壱から聞いた瑯月は、さんざん悩んだ挙句、仕事で世話になり、何かにつけて親身になってくれた環を頼った。

瑯月としては、環を表に出すつもりはなかったのだが、根っからの姉御肌である環は、瑯月よりも自分が前に出たほうがいいと考え、件の米国興業で披露した奇術を使うことを思いついた。しかし、大掛かりな奇術には、それなりの大掛かりな細工が必要となる。そこで環は、弟子のひとりをカラクリ職人に扮装させ、八朔の準備に紛れて潜り込ませることにした。

「お前は、環の弟子が大広間の床下に細工をしているところを見ておったのか？」

「はい。見張り番として」

「……して、その奇術とやらの種明かしはせんのか？」

「種は奇術師の命。絶対に口外はならぬと、環さんにきつく口止めされています」

「つまらん」

「何を言ってるんですか。そもそも、瑯月の計画を聞きたくないと仰ったのはご隠居のほうですよ。そのほうが楽しめるからって」

環の計画では、奇術で消した寿々花を総仕舞い終了まで一号艇の船底に隠し、余興引き上げの際に吉原の外に連れ出すつもりだった。瑯月を連れてきたのは、この計画を知らない寿々花を陰で安心させるためだったのだが、廣川が瑯月を表に出したことで予定が狂った。環は、ふたりを同時に消さなくてはならなくなったのだ。

「環さんの用意した奇術の装置は、もともと寿々花さんひとりを想定して作られたものだったんです。それなのに、急に瑯月まで一緒に消せと言われたもんだから、環さんも大慌てですよ。うっかり目測を誤って、ふたりを隅田川に落としてしまいました。装置が壊れなかったのは奇跡みたいなものです」

嘆息する利壱に、廣川はワハハと高笑いをする。慌てて於豊が「シッ！」と唇に指を当て、三人は肩を竦めて室外の音に耳を澄ます。

歓声はまだ止んでいない。ということは、きっと誰もが目の前の捕り物に夢中で、まだ三人が消えたことに誰も気付いていない。

「……そろそろ、番人船が瑯月たちを捕らえている頃でしょうかね」

「うむ。そちらのほうも抜かりはあるまい？」

「はい。今日の詰め番は小柴さんですから、その辺りはうまく説明をしてくださるかと」

言いながら、利壱はクスクスと笑いをこぼした。

「きっと、ふたりとも驚くでしょうね。死ぬ思いで吉原から足抜けをしたつもりでいるのに、実際は『絵師の三浦瑯月と、廣川家の令嬢が駆け落ちした』ことになっているんですから」

利壱が言うと、於豊は漆塗りの文箱の中から、一枚の証文を取り出した。

それは身請け証文の見世控えで、長々とした文章の下に、廣川と寿々花、それに長春楼の判が押されていた。

そして、その下からもう一枚。こちらには、用紙の一番下に廣川と寿々花の判だけがある。

これは廣川側が独自に作成した物で、廣川と寿々花だけの約束証文になっている。奇妙なのは、その内容だ。ところどころにアダプションだのファミリーだのグランドチャイルドだのと、娼妓が日常で使わない片仮名の外来語が書かれているのだ。

こんな外来語の散らばった証文、とても寿々花が理解できたとは思えないが、それでも寿々花は、内容を問うこともなく判を押してしまっていた。何が何でも瑯月を守りたいという思いからだったのだろうが、実は、これは寿々花を廣川の養女にするという内容の証文で、つまり寿々花は、総仕舞い前に身請けの手続きを終えており、既に身分は娼妓ではなく、廣川家の令嬢になっていたのだ。

「……ご隠居は、これでよかったのですか？」

利壱のつぶやきに、廣川は「どういう意味だ？」と眉根を寄せる。

「だって、おかしいですよ。こんな証文書かなくたって、寿々花さんは『血のつながった実の孫』じゃないですか」

廣川はフン、と鼻で笑った。そして「別に構わん」と吐き捨てるように言った。

「あれにそれを伝えたところで、一体何が変わるというのだ」

言葉とは裏腹に、どこか寂しげな表情を見せる廣川に、於豊はそっと茶を差し出す。

廣川は茶碗に口をつけた。沈黙が御内所を支配し、三人は黙したまま外の歓声に耳を澄ませた。

――寿々花は、廣川の実の孫。

利壱がそれを知ったのは、廣川が瑯月に足抜けを提案した日のことだった。

ふたりきりの猪牙舟で、廣川は利壱に自分の計画に協力するよう約束させ、そして思いもよらない真実を語りだした。

　今から遡ること四十年前。当時二十代で、既に貿易商として財を成していた廣川は、日々の生活に飽いていた。御一新前は大店の薬種問屋という家柄だったこともあって、それなりの所からそれなりに美しい嫁をもらい、すぐに跡取り息子も生まれた。

　すべてにおいて順風満帆。しかし、何の瑕疵もない生活は、若い廣川に生きているという実感を失わせるに余りあるものがあった。

　廣川は、堕落という生きた瑕疵を求めて吉原に通った。吉原の作法や流儀などは金の力で捻じ伏せ、飲んで、騒いで、暴れた。そして――芸者のふじ緒《お》に出会った。

　ふじ緒は芸事の腕も見事なら、気風もよくて弁も立った。くわえて、娼妓に負けず劣らずの美貌の持ち主。見世に属する内芸者ではなく、組合に属する見番芸者だったから、あちこちの見世から引っ張りだこで、座敷に呼ぶのも順番待ちが必要だった。

　しかし、どれだけ人気があろうとも、お客は芸者に手を出してはならない。これは吉原で遊ぶ者なら誰でも知っているしきたり。にもかかわらず、廣川はふじ緒を手籠めにした。それも、かなり強引な方法で。

　それは廣川にとって、人生で最大の瑕疵であった。大枚をはたいて見番芸者から足を洗わせ、深川の一軒家に妾として囲った。当然、周囲の反応は芳しくない。普段は亭主に逆らわない慎ましやかな妻でさえ、露骨に不満の表情を見せた。けれど、それが廣川には嬉しかった。今まで自分に向けられることのなかった負の感情を、廣川は初めて手に入れることができたのだ。

やがて、ふじ緒が子を身ごもった。生まれたのは男児だったが、廣川は子供に興味を示さなかった。ほしいのは、ふじ緒と周囲の負の感情だけ。それに本妻との間に跡取り息子がいるのだから、これ以上息子はいらない。だから、子供が乳離れするとすぐに養子にやった。これで望んだ生活に戻れると廣川は思っていた。

それなのに。

ふじ緒の様子がおかしくなったのは、それからすぐのことだった。

廣川に対して攻撃的な態度を取ったり、また別の日には呆けたように押し入れの中に閉じこもったり。

最初は、子供と引き離されたことによる一時的な廣川への抵抗だと思っていたのだが、しかし、ふじ緒の行動は日に日に異常性を増していった。

心を病んでいるのだと気付いた時にはもう手遅れで、見張りにつけていた女中が目を放した僅かの間に、ふじ緒は自ら命を絶ってしまった。

たったひとりで。誰に看取られることもなく。

「女中と医者に金を握らせ、ふじ緒は病死したということにした。あまり出歩かない女だったから、誰もそのことを疑わなかった。だから儂も、ふじ緒のことも子供のことも忘れてしまうことにした」

廣川は、自分が欲した負の感情が、結果的にふじ緒を狂乱と死に導いたのだと気付いた。

だから、廣川はふじ緒を忘れるために働き、それと同じくらい派手に遊んだ。忘れ形見となった息子の面影が脳裏を過り、恨めし気なふじ緒の幻影に苦しめられることもあったが、身を粉にして働き、乱痴気騒ぎを繰り返すことで、今までと違う負の感情に狂いそうになる自分の心を、どうにか保とうとした。

やがて時は過ぎゆき、そろそろ跡取り息子に代を譲るかと考えていた頃——廣川宛に差出人のない封書が届いた。封を切ってみると、中にはかつて懇意にしていた娼妓、於豊からの手紙が入っていた。

於豊が長春楼の楼主であることは知っていたが、年を取り、その頃はすっかり御見限りとなっていた。その於豊が、さて今更何用かと便箋に目を滑らせ——その内容に、廣川は目を疑った。

それは、存在すら忘れていた息子の子が、長春楼に売られてきたという内容だった。

「女衒《ぜげん》が寿々花を長春楼に連れてきたのは、本当に偶然のことだったのでござんすよ」

於豊は、懐かしむように昔を語る。

かつて娼妓だった頃、十人並みの容姿だった於豊は、巧みな話術と手練手管で、最上級とはいかないまでもそれなりに売れっ妓になっていた。その時に世話になったのが、宴席を盛り上げてくれる見番芸者のふじ緒だった。

「最初に寿々花を見た時は、すぐにふじ緒さんの孫だと気付くことができずにござんした。

あまりふじ緒さんと似てござんせんでしたしね。寿々花と違い、ふじ緒さんは女伊達を絵に描いたような、凛々しい顔立ちのお人でござんしたゆえ」

しかし於豊は、女衒が持参した身元証文を見て驚いた。流行りのスペイン風邪で夭逝という父親の名前は『長谷川藤宜《とうぎ》』。苗字こそ違うが、珍しい下の名前は、風の噂で聞いたふじ緒の息子と同じ。まさかと思って調べてみると、やはり於豊の勘は当たっていた。

寿々花は、正真正銘、廣川とふじ緒の孫だったのだ。

「ご隠居に手紙を出すべきかどうか、わっちも迷いんした。なれど、娼妓取締規則では、尊族親族の承諾がなければ見世で働けない決まりになってござんす。寿々花は父親の生い立ちを知らぬようではござんしたが、念のために、ご隠居にも確認を取っておいたほうがいいと思いんしてね」

とはいえ、相手は吉原で悪名を流した廣川。こちらから手紙を送ったところで、きっと捨てておくだろうと思っていた。

しかし、そうではなかった。廣川は於豊に、「孫を長春楼で育ててくれ」と返事をよこしたのだ。

「子供ひとりを預かるくらいなら、こちらも問題はござんせん。なれど、『吉原の娼妓見習いとして、しかし吉原に染まらぬように育てろ』と言われた時は、本当にどうしようかと思いんしたよ」

実は、この時既に、廣川の頭の中には『常処女太夫』の筋書きができあがっていた。

もちろん、娼妓見習いのまま身請けできないこともない。しかし、幼子を連れ帰れば、妻や息子の嫁がよい顔をしないのは目に見えていたし、どこかへ養子にやれば、死んだ息子のように不幸な身の上となってしまうかもしれない。

だから廣川は、ある程度大きくなるまでは、すぐに連絡の取り合える於豊のもと、吉原で育てるのがいいと考えた。そして年頃になると同時に『常処女太夫』の計画を決行、その後は老人の気まぐれを装って身請けし、そのまま養女にして良家に嫁がせればいいと考えた。そのためにも、あえて吉原の気風を教え込まぬようにと、廣川は於豊に注文をつけたのだ。

しかし、ここで思わぬ誤算が生じた。

吉原に染まらぬよう大事に育てあげた孫娘は、いつしか普通の娘たち同様に、秘めやかな恋心を抱くようになっていた。

「身請けまでに未通娘の人気娼妓と宣伝しておけば、あれの嫁ぎ先も楽に決まると思ってのことだったが……まさか、その広告絵を描いた絵師に惚れてしまうとはのう」

思い通りにはいかぬものだ、と廣川は自嘲する。

だから廣川は瑯月を試した。孫娘の恋心を成就させてやりたいと思う気持ちがなかった訳ではないが、それ以上に、瑯月が孫娘を嫁がせるのに相応しい男かどうかを見極めたかった。

「……瑯月は、ご隠居の御眼鏡にかなったんですね」

利壱が言うと、「さて、どうかな」と廣川は口の端を歪ませる。

「しかし、向こうも寿々花を想うておるのと、けして馬鹿でないことだけはよく分かった。これから先のことは分からんが、まあ、それなりに頭を使えるようであるから、どうにか生き抜いていくだろうよ」

「そうですね。ご隠居の後ろ盾もあることですし」

ふん、と廣川は横を向いた。

絵師は水物商売。実力があっても食うや食わずの人間が大勢いる。瑯月がこれだけ有名になったのは、もちろん本人の実力もあるが、それ以上に、廣川が瑯月の売名に加担したことも大きく起因していたのだ。

利壱は耳を澄ました。

先程までの大きな歓声が引き、さざ波のような低いざわめきだけが聞こえている。きっと今頃ふたりは番人船の執務室に拘束され、小柴に事情説明を受けている頃だろう。

廣川家の令嬢と、共に手を取り、駆け落ちした絵師として。

「明日の新聞が楽しみですねえ」

利壱がつぶやくと、廣川と於豊は小さな笑みを漏らした。

それはまるで、ひとつの物語の大団円を楽しんでいるかのように思えた。

終話

三浦瑯月と寿々花——もとい廣川至都の駆け落ちから一か月。

あの騒動に続いての八朔と、続け様に狂瀾怒濤の賑わいを見せた吉原だったが、九月に入る頃には、ようやく平生の営業を取り戻したように見えた。

いつものように、利壱は猪牙舟を操っていた。

日差しは穏やかで、風が心地よい。営業時間まで客も少なく、のんびり櫂を漕いでいると、前方からやってきた朋輩が「おーい」と利壱に声を掛けた。

「すまないが、大急ぎで今戸の渡舟場に行ってくれ」

「なんでだい？」

「廣川のご隠居が来てるんだよ」

ああ分かった、とうなずいて、利壱は猪牙舟の方向を変えた。

今戸の渡舟場には、廣川と数人のお客が待っていた。が、番人たちはどういう訳か渡舟場に近付かないでいる。

利壱がようやく渡舟場に到着すると、廣川は不機嫌そうに杖で地面を突き、「遅い」と利壱を睨み付けた。

「ええい、最近の番人どもはどうなっておる。まるで儂を乗船拒否しておるようではないか」

廣川が利壱の猪牙舟に乗り込むと、ようやく他の猪牙舟も渡舟場に近付いてきた。

あまりにも露骨な態度であるが、これも致し方ないことと利壱は思う。せんだっての駆け落ち騒動により、皆ができるだけ廣川には関わりたくないと思っているのだ。

「それにしても、久しぶりの登楼ですね。このところはお見限りでしたのに」

「しかたなかろう。あれから新聞記者の輩どもが蠅のようにしつこかったからな。息子にも出歩くなと言われたし、しばらく別宅で蟄居《ちっきょ》しておったわ」

「そうですか。まあ、ご隠居は『稀代の美談の主』ですからねえ。新聞記者に追いかけ回されるのも無理はありません」

クスクスと笑いながら、利壱は言う。

卿月と至都が駆け落ちした翌日、新聞には【吉原遊郭長春楼駆け落ち騒動顚末】との大きな見出しが躍った。

内容は『娼妓から廣川家の養女となった至都が、初恋の相手である絵師の三浦卿月と、総仕舞いの日に派手な駆け落ちをした』ということで、まあ全貌としては間違っていないのだが、その経緯が、当事者も驚く程の変貌を遂げていた。

記事によると、ことの顚末は、『娼妓見習いの寿々花を可愛がっていた廣川翁が、ひょんなことから三浦卿月と寿々花が相思相愛であることに気が付いた』ことから始まる。しかし、ふたりは結ばれない運命。それを哀れに思った廣川翁が、寿々花の純潔を守るために常処女太夫に仕立て上げ、また、色男である卿月の真心を量るために命がけの足抜けを唆したと、まるで老人奮闘記、人情小説さながらの実話として、三文新聞はおろか一般紙までもがこぞって書き立てたのだ。

「美談か否かはさておき、『事前に養子縁組の手続きを済ませ、瑯月の真心を量るために足抜けを唆した』っていうところは合ってますし、内容としても結果としてはあながち間違っていませんけどね。もしかして、あれはご隠居が指示して書かせたのですか？」

「そんな訳なかろう。儂の息子がやりおったわ」

さも忌々し気に、廣川は言う。

実は、廣川が遣手なら、息子のほうはその上を行く遣手だった。

この騒動が廣川の息子の耳に入ったのは、当日の日が暮れる前のことだった。なかなか長春楼の御内所から出てこない廣川に業を煮やした新聞記者が、廣川の息子のもとに大挙して押し寄せたのだ。

当然、この騒動は、息子にとって寝耳に水のことだった。が、記者からおおよその事情を聞いた息子は、咄嗟に機転を利かせ、「事前に父から相談を受けている」「寿々花は気立てのよい娘なので、廣川家の養女にすることを許した」「父は三浦瑯月の才能を買っている」「若いふたりのために、老い先短い自分に何ができるか、父なりに必死で考えたのだろう」と、あることないこと新聞記者の前でまくしたてたのだ。

「口から出まかせでも、うまくいくものですね」

「そういう点では、あれは儂より才がある。お陰で儂は蟄居の身だ。どこで襤褸《ぼろ》が出るか分からんからのう」

やれやれ、と廣川は嘆息する。どうやら、かなり息の詰まる生活をしていたらしい。

ふと、猪牙舟の舳先を二匹の蜻蛉が横切る。廣川は夏の名残に笑みをもらし、「……あれらは、どうしておるかのう……」と、小さくつぶやく。

「ふたりなら、両国で仲良く元気に暮らしていますよ。至都さんは慣れない生活で戸惑うことも多いようですが、朝日奈一座の皆さんが手助けしてくださっているようですし、瑯月のほうも、仕事の依頼が途切れることなく来ているようです」

「そうか。それはよかった」

「あ、そういえば」

不意に、利壱は大仰な声を上げた。

「廣川のご隠居に会ったら伝えなければと思っていたんです。足抜けの時、至都さんがご隠居に何かを言おうとしていたのを覚えていますか？」

「あの怪しげな屛風の中に入る前じゃな。むろん、覚えておる。しかし、どうせ恨み言か、よくて最後の別れの言葉か、その程度のものだろう？　聞くまでもないわい」

「違いますよ。至都さんは、ご隠居にお礼が言いたかったそうです」

「礼？」

「はい。至都さんは、自分が長春楼に来たばかりの頃、他の娼妓に気付かれないよう菓子をこっそりくださったり、膝に抱いて頭を撫でてもらったのが嬉しかったのだそうです。『まるで、孫のように可愛がっていただいた』と」

「……そんなことを言っておったか」

「はい。だから至都さんは、どんなに無体なことをされても、ご隠居のことを嫌いになれなかったのだそうですよ」

「……そうか、そうか」

深くうなずきながら、廣川は視線を正面に向けた。その視線の先には、長春楼の花艇が、穏やかな波に揺れている。

隅田川の上は、平素と何も変わっていない。ともすれば、永遠にこんな時間が流れていくのではないかと思えてしまう。

しかし、そう見えるのも今だけのこと。

既に、次の波乱が待っている。

「……そういえば、七福楼の買収が終わりましたね」

利壱が言うと、廣川は意味ありげに「お前は耳が早い」と笑う。

「誰に聞いた？　他の番人も知っておるのか？」

「小柴さんから伺いましたが、朋輩はまだ誰も知りません」

「ほう、あれはお前にだけ教えたのか」

「はい。一か月前の騒動の件がありますから」

そうかそうか、と廣川は言った。

つい先日、廃業届を受理されなかった七福楼が、現金一括支払いを条件に長春楼に買収された。しかし、七福楼は小見世とはいえ、れっきとした吉原の妓楼。あだ疎かな審査で買収が許されるはずがない。

　その厳しい審査に一役買ったのが、この廣川だ。

「七福楼の廃業届をすぐに受理しないようにと、裏で手を回したのはご隠居ですね？」

「その通り。商売を大きくするには、同業を吸収するのが手っ取り早い。しかし、あの時点では、於豊が買収の官許を得ることは難しかったからの」

　金は廣川の懐から出るのだから、すぐにでも七福楼を買収することは可能だった。しかし、それを長春楼に吸収させるとなると、そう簡単に官許は下りない。吸収合併するには長春楼の財力も審査対象となる。例えば廣川を長春楼の筆頭とし、於豊を雇われ楼主という形にすればそれも可能だったが、それでは楼主に固執する於豊が納得しない。そこで廣川は、於豊と結託して、長春楼が大見世に追いつく程の『大きな中見世』になるよう、あの手この手で商い方法を変革していった。

「それで国の審査を通ったのですから、流石としか言いようがありません。もしかして、この吸収合併が、駆け落ち騒動の見返りですか？」

「そんな訳なかろう。これは至都を育てた見返りだ。騒動の見返りは、また別に請求されておるわい」

　流石於豊だ、と利壱は苦笑する。

　とにもかくにも、これで長春楼は、事実上の大見世昇格だ。

「けれど、長春楼が正式に大見世となれば、赫鯨楼をはじめとする老舗の大見世が黙ってはいないでしょう。それに、裏でご隠居が糸を引いていたとバレれば、世間の目も変わります」

「その辺りは問題ないだろう。なにせ長春楼は、七福楼から放り出されて路頭に迷うはずの哀れな娼妓ごと買い取ってやったのだ。儂はそれの手助けをした。褒められこそすれ、責められることなど何もないわい」

「そこまで筋書きができていたとは。流石ご隠居です」

思わず利壱は頭を下げる。

廣川の言う通り、七福楼が消滅すると同時に、七福楼にいた娼妓は廃業を許される。しかし、そのほとんどの娼妓が帰る場所のない女たちだ。そんな女たちが吉原から放り出されれば、行きつく先は第二吉原か場末の私娼窟くらいしかない。それが、七福楼から長春楼に籍を買われたことで、いきなり大見世の娼妓となる。七福楼の娼妓にしてみれば、これは大出世以外の何物でもないのだ。

「吉原も、どんどん変わっていきますね」

利壱のつぶやきに、「そうだのう」と廣川が応える。

「ふじ緒が見たら、驚くに違いないわい」

それは、聞き取れるかどうかという程の、小さな声だった。

――やわらかい風が頬を撫でる。

不意に廣川が、「お前はどうして吉原にいる？」と聞く。

「先の大火で、お前はすべてを失った。しかし、稼業を再興するでもなく、ただ漫然と番人を務めておるように見える。昔を懐かしむとて、あの頃の吉原はもうここにはない。ならば、お前こそ瑯月のように吉原を出て、好きなことをするべきではないのか？」

一瞬、利壱は隅田川の水面に視線を落とした。

心に影がよぎる。けれど利壱は、涼やかな顔で「俺は、ずっと花を見ていたいんです」と答える。

「子供の頃、吉原の女は花だと教えられました。吉原はこの世のどこにも同じ物はない、特別な街だと」

「吉原の女は花……か。しかし、それは色と欲のために咲き、散らす花ではないか。花は花とて、所詮はまやかしの花よのう。春の隅田川の桜のほうが、よほど清廉で美しいわい」

「ええ、確かにそうかもしれません」

廣川の言葉に、ふふ、と利壱は静かに笑う。

「でも、俺にとっての花は、この街の女たちなんです。花魁道中も、八朔の雪も、どれも隅田川の桜に負けることのない美しい花です。一度は大火で焼失してしまいましたが……けれど、今度は水の上に、堂々と花を咲かせています。そんな花を、俺は見ていたいんです」

花は、再び咲いた。

そして利壱は、その花の群れに、在りし日の幻影を見る。二度と戻ることのない、花林糖を揚げる香ばしい匂いや、やわらかな蕎麦つゆの湯気を……。

——あの頃の幸せは、どこにもない。

きっと、この逃れることのできない寂しさが、利壱を吉原に足止めしている。それがいいことなのかどうか、利壱にもよく分からない。もしかしたら、もう自分の過去など忘れてしまったほうがいいのではないかと思ってしまうことだってある。

それでも、利壱は吉原を離れることができない。

「お前も、儂と同じなのかもしれんのう……」

そうかもしれない、と利壱は思う。

二度と取り返すことのできない思い出を、ふたりとも胸に抱えている。

「ところで、あの件は、いつまで隠しておくつもりですか？」

「あの件とは？」

「ご隠居と至都さんの件です」

ああ、と廣川は頭を掻いた。

「儂は、どうでもいいと思っておる」

「どうでもいいって、そんなの駄目ですよ」

ふむ、そうか、ふむ、と廣川は生返事をした。どうやら、廣川としてはあまり触れたくない話らしい。

　しかし、これはきちんとしておかなければならないと利壱は思う。新聞に載った美談を素直に受け入れられる程、瑯月も至都も子供ではないのだ。

　廣川は思案気に空を仰ぎ見た。

　そして、「お前に任せる」と言った。

「正直を申すと、儂はどこまで至都に話すべきなのか分からん。ただ単に血がつながっていると伝えるべきなのか、それともふじ緒のことまで話すべきなのか……。それに、たとえ話すにしても、時と場合というものがあるしの。だから、儂はお前に任せようと思う。お前が話したほうがいいと思えば話せばいいし、墓場まで持っていったほうがいいと思えば、それはそれで構わん。お前がいいと思うようにしろ」

「本当に、それでいいんですか？」

「うむ。お前は『吉原で一番信用に足る番人』だからの」

　廣川はいつになく快活に笑った。

　つられて、利壱も苦笑いを浮かべた。

　またしても面倒な役を任されてしまった。けれど、けして嫌な気分ではなかった。責任ある役割に緊張を覚えたが、その反面、信用されていることにある種の気持ちよさを覚えた。

　長春楼の花艇が近い。

　利壱は櫂を握りなおした。そして、清々しい気持ちで櫂を漕いだ。

本書はフィクションであり、実在の人物および団体とは関係がありません。

吉原水上遊郭《よしわらすいじょうゆうかく》　まやかし婚姻譚《こんいんたん》

一色美雨季《いっしきみゆき》

2020年8月5日初版発行

発行者……………千葉　均
発行所……………株式会社ポプラ社
〒102-8519　東京都千代田区麹町4-2-6
電話……………03-5877-8109(営業)
　　　　　　　　03-5877-8112(編集)
フォーマットデザイン　荻窪裕司(design clopper)
組版・校閲　株式会社鷗来堂
印刷・製本　中央精版印刷株式会社

ポプラ文庫ピュアフル

ホームページ　www.poplar.co.jp

N.D.C.913/270p/15cm
ISBN978-4-591-16731-1
P8111299